2009—2020 诗选

五边诗丛
中国当代诗歌名家系列

觉悟之心

叶延滨 著

中国文联出版社

图书在版编目（CIP）数据

觉悟之心：2009—2020 诗选 / 叶延滨著 . —— 北京：中国文联出版社，2020.12
　ISBN 978-7-5190-4549-4

Ⅰ . ①觉… Ⅱ . ①叶… Ⅲ . ①诗集 – 中国 – 当代 Ⅳ . ① I227

中国版本图书馆 CIP 数据核字 (2021) 第 013206 号

著　　者	叶延滨
责任编辑	刘　丰
责任校对	鹿　丹　牛亚慧
书籍设计	XXL Studio
出版发行	中国文联出版社有限公司
社　　址	北京农展馆南里 10 号　邮编：100125
电　　话	010-85923025（发行部）　010-85923091（总编室）
经　　销	全国新华书店等
印　　刷	湖北恒泰印务有限公司
开　　本	787 毫米 ×1092 毫米　1/16
印　　张	12.75
字　　数	122.5 千字
版　　次	2020 年 12 月第 1 版第 1 次印刷
定　　价	68.00 元

版权所有 · 侵权必究
如有印装质量问题，请与本社发行部联系调换

目 录

3	另提一行
4	命运在长安城头走
6	清明母亲对我说
7	坎布拉的鹰
9	悲剧赑屃
10	一只橡胶轮胎进了首都
12	心在高处
14	一滴墨水的蓝遇见一只火柴的光
15	黑茶之韵
17	追忆哭墙
18	对手没老
19	在前一秒与后一秒之间
21	夏天眼角没皱纹
22	疯子
24	飞鸟的影子
25	谢谢黎明
27	对我说
28	天高高云淡淡
29	爱情从长篇变成短信
30	石头的眼泪
32	初恋没有邮票了
34	坐在梦的舷窗前
35	从一群苍老的柏树中走过
36	雁荡山的雨是什么颜色
38	用一束光当作钥匙
39	一棵树在雨中跑动
40	乡村拍动着炊烟的翅膀
41	在昨天与明天之间
42	四川黄龙遇大雪
43	太鲁阁游记
44	山醉
45	机会
46	每日功课
47	寻人启事
48	正名乡愁
49	周游世界的行装
50	自由

2009—2020诗选

I

51	时代进步了
52	油菜花儿黄
53	死亡就是那么一回事
54	北京最重要是要会挤地铁
56	歌唱大自然
57	给李白邀请信
59	荷花记
60	谦逊有礼
61	一千万美金
62	手镯
63	真相
64	一生一世
65	初犯告密者
66	逃生记
67	什么也不是的风
68	进城的人
69	樱花昨夜风雨
70	与自己面对面坐下
72	大海是谁的厨房
73	莲花
74	真理告诉你一个喜讯
75	没有故事的人有个小野心
76	走着走着
77	灵魂像秋天的落叶
78	呼气吸气
79	一颗子弹想停下来转个弯
81	要和天空一样蓝
83	在安溪遇见观音
85	最旧的是那春光
86	我开始说：多少年前
88	父亲
89	心都聋了
90	过程太短，想法太多……
92	改变世界的十行诗
93	命运让谁捧着
94	不要哭
95	说说幸福

96	柜子里的鞋
97	幼儿园
98	面壁太行好汉歌
100	从指缝里
101	花儿开了
103	让我请你去看海,好吗？
104	取暖的火炭
105	长短都是一春
106	白鹭
107	天堂
108	天鹅飞翔
109	天黑了
110	只是挂在树枝上一颗果实
111	恐怖主义
112	我在梦中说：这是梦
113	我想变成一座岛屿
115	那就是诗
117	窃
118	在古徽州民居戏楼里谈诗
119	高座寺有一朵莲花开了
121	童年画面
122	变奏曲
123	我应该是他们的一部分
124	觉悟之心
125	小情调
126	蹭掉鞋上的泥
127	旅途
128	一个短小的梦
129	独对大海
130	幸福之歌
131	前世今生
132	诗人
133	鸟儿飞走了
134	天堂与地狱

135	割草机
137	阳光之城
138	长满绿锈的剑
139	山行无诗
140	二胡的弓抖了几下
141	水声
142	穿越：重返桃花源
144	面包会有的三层境界
146	锄尖上的疼痛
147	三省吾身
148	时光
149	这位的哥
150	通告一则
151	诗意生活新方式
152	一朵花不开心
153	皇家花园入籍流程
154	与距离有关
155	牧歌
156	想到了也就经过了
157	时间的碎片
158	冷脸的月亮
159	古典还是现代
160	一口气撑着就活
161	梦中无仇人
162	读诗如画
163	小开心
164	乡村传奇
166	你的人
167	又一次醒来
168	当如一羽毛飘在空中

169	星空，有多少丢失的眼睛
170	上一个庚子年
171	宅之经验谈
172	匠心不死

后记

175	我必须谁都不像，我就是我自己
	——叶延滨答记者舒晋瑜访谈录

附录

195	叶延滨简介

觉悟之心

2009—2020 诗选

另提一行

另提一行
我们渴望看到诗人的才华
可是在那条人行道上
只看到一个诗人苍老的背影……

另提一行
我们渴望看到太阳重新升起
可是昨天的阳光照亮了产房
今天却照着一队送葬的人……

另提一行
像拿起一把重新擦亮的剑
虽然这一次失了手
下一次格斗还渴望光荣……

另提一行
擦去泪水和满脸的油彩
新的台词会让生命重新命名
是生是死另提一行就会揭开秘密……

另提一行
世界绝不会有两片相同叶子
不会两颗炮弹落在同一弹坑
另提一行是上苍仁慈的最后赠言……

命运在长安城头走

走走!在长安的城头
像个大将军昂首甩手地走
有鼓号,如雷向天吼
有旌旗,迎着大风抖
只要这么闭紧了双眼地走
还会有连天的烽火楼
引来了进贡的驼队如云间的彩绸

走走!就这么想着漫步在城楼
一次小型的午间梦游
在长安这唐朝的城楼
谁买了登楼的门票谁就可以这么走

可惜,可惜一睁眼
四周耸起林立的高楼
高楼真高啊,要让人仰起头
扫兴,这些俯视着我的大厦高楼
就像几个顽皮的孩子
蹲在城墙两旁
看一个蚂蚁爬行
爬行在又老又矮的城楼

没错,我就是那只蚂蚁
一秒钟前还像大将军一样精神抖擞
"别盯住我!
我不是小偷!
我就是想在这老城上走走!"
我讨厌这些高大的家伙

他们像一个个穿着制服的保安员
守着这道老城的入口和出口

我知道,从此以后
我们能爬上这道城墙攀上这座城楼
但我们再也回不去了
回不去那个叫"历史"的老家!
回不了那个叫"唐朝"的旧宅!
那么登城一游记下点什么呢?
啊,那太阳还是那太阳
啊,那星斗还是那星斗
啊,那老城只要掏钱买了票
你就可以走一走……

清明母亲对我说

点上一炷香
因为这是清明
烧上一叠纸
因为我回来了

坟头上的柏树又长高了
我与母亲又相别了一年
墓碑上名字又被风雨剥蚀
又一次用金色的笔描涂
一生熟悉却用妈妈代替的三个字！

每年都按期回来一次
因为这是母亲的墓地
回来静守着母亲的名字
和墓旁那两棵柏树一起——
啊，母亲抱了我多少次
那双手把我抱到这世界！
我只抱过母亲一次啊
抱着她长眠在这柏树间！

因为这是清明——
在生与死相守的站台上
我把诗句当作了车票！
因为这是清明——
静静地闭上眼睛
就看见母亲张开嘴巴说
孩子，今天你不是孤儿……

坎布拉的鹰

黄河水原来就是如此的清澈
清如一块蓝宝石,绿如翡翠
绿翡翠的黄河就是神话了
啊,这就是青藏高原的坎布拉

群山就这样雪白了
夏天突如其来的一场雨
披白婚纱的坎布拉就是神话了
啊,洁白的山峰就是坎布拉

神话的宣示者高高地悬在空中
用鹰翅将天空拭成天堂
天堂就是这样碧透而清澈
啊,雄鹰盘旋成一首首诗……

那群山都是我的兄弟
白发爬上我的额首却依然年轻
那湖水碧翠如我的心
宁静大美兮敞亮面对飞云过客

车上的主人唱起了动听的花儿
让人们忘记了歌者的年龄
那花儿我听过了多少遍?这一回
少了泥沙的歌声竟是天上的神曲!

宁静的坎布拉就是我,是我的诗
在笔尖淌出之前的羞涩

神话的坎布拉就是我,是我的梦
天上那只鹰刚飞出我的心巢……

悲剧赑屃

你这龙之子
血统高贵的赑屃
一辈子驮这巨石大碑

不语,不语是一种高贵
石上刻什么?赑屃从来坚信
正确英明的经典文献才配放于龙子之背

你知道,你背了多少年吗?
你知道风沙已把那些字变成什么了
变成风沙蚀刻的一片风影雨痕!

啊呀,第一次需要思索的赑屃
龙之子也有一道哈姆雷特的问题——
背着?放下?是个难题……

经受不了选择难题的折磨
擅长于负重的龙子,心肌梗塞而死
死成一堆灰白石头……

一只橡胶轮胎进了首都

毕业了，就业了
好了，谁猜得出他来自山区胶林
有模有样的一只轮胎
还是有名有姓的名牌——
装上拖拉机的哥儿们下乡了
装上大卡车的哥儿们上高速了
橡胶轮胎的高材生装在小汽车上
他真有才啊，进城了！

城里的太阳真亮啊
一只脚咚咚地把他从梦中踢醒
主人这样和他打招呼
他有点不习惯
但他想起主人是城里人
进城了啊，让他忘了生气

满大街都是飞转的车轮
让他高兴得屏住呼吸
神话里追星赶月
都市里追名逐利
嗨，都说城里的车堵
越堵的地方才越是发财的路

这是轮胎的发现，在地下车库
他回想上班的那条路
原来有那么多车轮和他一样有才
一样守着地下室的寂寞孤独
傻傻地想，想田野里的花

痴痴地想，想高速路的风
哥儿们会不会想我呢……

这时一只流浪的小狗向他走来
喂，你是哪家走失的宝贝？
他想和小狗打个招呼
小狗翘起后脚撒了一泡尿
真膻啊，他想哭
不知为什么，小狗晃动的尾巴
竟让他想起胶林的月亮
和满天星星的珍珠……

心在高处

心在高处
高处像鹰展开驭风的翅
在高处,看见我
我像一支勤动的黑色蚁兵
在命运的迷宫中匆匆地赶路

心在高处
高处像隐居在群星之中
在高处,能看见
许多新来的人哭喊着
像蓓蕾匆匆开放
许多离去的人沉默地
忘掉归途……

心在高处
在高处,会看见
还有许多展翅驭风的心灵
他们也会看见我这只小黑蚁
看见我在命运迷宫里
所有体面和不得体的动作

心在高处
在高处,谁看见
我那高傲而晶亮的心
我要把它收回来,收回来
用我所有的体温焐热这颗心
心会悄悄地告诉我

忘记了的那些曾经为我引路的
诗篇……

2010

一滴墨水的蓝
遇见一只火柴的光

2010

世界就这么小
世界就这样不再寂寞——
当一滴墨水的蓝遇见一只火柴的光
也许比墨水更淡是一滴露珠
也许比火柴更弱是一尾萤火

小小的世界也会长大
一滴墨水变成无边无际的大海
蓝色的大海上明亮的太阳
莫不是曾经的那根火柴?

你没有回答我的问题
你只是让我把心贴近天文望远镜
啊,那蓝色大海包裹的地球
像一滴晶蓝的墨水
而那小小的太阳像燃烧的火柴头
发出殷红的光

世界真的就这么小
一滴墨水的蓝遇见一只火柴的光……

黑茶之韵

我是一块黑色的砖
我也是一块煤，一块树之精灵
经天地日月之孕育
得风云雨露之滋养
也曾青春年少，绿衣华裳
也曾芬芳英姿，莺啼蝶舞
啊，往事如烟
烟波万里如梦
一梦醒来，我便是这黑黑的砖！

我以为我就是那煤，那黑黑的煤
不也让人们压成一块块煤砖
我黑砖似的外貌啊，裹着一颗
诗人的心！我想我也许
是郭沫若的那块炉中煤？
还是叶文福的那块歌唱的煤：
"祖国啊，我要燃烧！"

然而上苍对我说：
你不属于火，煤是火凤凰
在火中涅槃！
你是属于水，茶是水仙子
在水中羽化！

黑茶原来是与水结缘
沸水是我再生的火焰
水让我褪去这黑色的外形
水中现出我琥珀色的灵魂

高贵而透彻！芬芳而典雅！

谢谢你用水杯举起我
我将与你的灵魂对话——
在我这泓琥珀的世界里
你会自到一派云遮雾绕的青峰
你会走进一片绿色茶林
你会看到屈子的峨冠华服
你会听到苏轼的高吟低唱
啊，你就是与月对饮的李白啊
你举起了我
我也举起你，举起天和地啊
让你饮畅人间无穷的风韵！！

追忆哭墙

站在耶路撒冷的哭墙
我头上戴着犹太人规定的小帽
我知道此刻我不应该笑
我想到奥斯维辛和其他的地名
但我不知道我该面对我的哪面哭墙

也许只是一个山村的土墙
无数的雨水像泪水在墙上流淌
我的心情是水里捞起的青苔
永远等不来的是太阳
月光却凝成早霜

也许只是都市水泥森林的墙
朔风骑着扫帚呼啸地送来冬季
残梦也结成冰块的午夜
老鼠啃咬着我的痛苦
像啃咬发霉的饼干

没有一滴雨的耶路撒冷
没有一丝风的耶路撒冷
我的前胸我的后背全都湿透了
不是汗啊，是太阳趴在我身上
那是太阳流下的泪水啊……
太阳落泪的地方
心就硬成了石墙

对手没老

儿时过家家,打游击
我说,谁来当敌人
我当!我当!我当!
叫得欢的缺牙小嘴呀
都是我的朋友

长大了就认认真真做事
长大了就干干净净做人
越认真越少不了对手
越干净越招惹来对手
告状下绊的
堵道挖坑的
串连闹事的
细想想,难为他们了啊
个个都太看得起我了
是太把我当一回事的人

终于老了,老了
老了才快活,才自在
文章照写诗照读
山水照游酒照喝
啥都没少啊,咋就有
一*丝丝*寂寞
唉,啥都没少,就少了对手
我知道敌人不会老
对手正转身忙着找其他人
找他们玩去了……

在前一秒与后一秒之间

在前一秒与后一秒之间
是你,你正活在
都市的前一秒
与后一秒之间——

你是风,疾风吹过
不知道上一秒你从何方吹来
也不知道你下一秒
又吹向何方?

你是光,光影中的都市
你让这座都市多了一次闪耀
都市光海又让谁也不知道
你曾何等光彩地存在……

你是声,是一次呐喊
还是一曲高亢的歌唱
也许只是你的一次叹息
陷进了谁深夜的梦魇?

你是闪电,划破浓云的闪电
你是明星,流过天际的陨落
是李白是巴尔扎克是贝克耐尔是鸠山
还是选秀吹出的最后那个泡泡?!

什么都不是
是你,在都市的前一秒与后一秒之间

快抓住你,你自己!
没抓住,你下一秒什么都不是!

2
0
1
1

夏天眼角没皱纹

这是没有细节的夏天
在这个国际化的大都市
数字化的夏天也标准得没有细节

没有在屋檐结网的蜘蛛
光滑而透明的玻璃墙上爬着滑倒的阳光
没有草尖的露水
没有小蜗牛爬行留下的印痕
没有蝉鸣的午后
没有小蟋蟀唤来的暮色
没有蜻蜓站在小荷花的花瓣
没有蝙蝠黑色的翅膀擦亮天上的星星
天上，一根有线电线送来
都市配发的夏天——

一面标准的电视屏幕
在标准的十九点三十五分
向你发布气象局审定过的夏天
"晴转多云
最高气温36度
最低气温25度"
明天的夏日配给十分标准
没有雨没有雷电也不会有细节

播送这条夏日天气的小姐
有张标准化美女的脸
眼角皱纹的细节按照规定抹去了……

疯 子

一滴水挂在石头尖上
在这巨大的石洞穴里
它的出现
并没有引起丝毫的动静
四周是安详、平和、稳固、沉默
绅士般的老石头们
不眨眼即安
不摇头则静

水啊,是哪一块石头
梦中故事主人的泪?
是哪块石头
心头最后一滴血?
像疯子面对死寂的世界
一次疯狂的滴落
下坠!飞溅!消失……
结局:石洞穴还是石洞穴
一次小小的疯狂
没有声响
成为另一柱石笋的亿万分之一

如果,只是没有的如果
如果这亿万年来的每滴水
都在一瞬间复活于
这钟乳石的世界
这世界真的会疯了
疯了的石头原来是一片
惊涛骇浪的海

是一滴、一滴又一滴
变成水滴的疯子!

2011

飞鸟的影子

飞鸟在天空中书写最古老的寓言
因为飞鸟的书写,天空
才不仅仅是上帝的调色板
而我们,面对有飞鸟的天空
也就不像一个失宠的女人捏着化妆笔
面对一张空荡荡的镜子

鸟的影子投射到大地上
没有人注意这些最小的云彩
飞鸟的影子在地上,像海里的鱼
悄悄地游出我们的视线

而那些远行的候鸟
用一生的影子写出长长的经线
从南到北,从北到南
就像我用一生的时光追逐
一行永远对我充满诱惑的诗行
那一行诗是我灵魂天空中飞鸟的影子

而没有鸟影的城市上空
装饰着几朵塑料纸粘成的风筝
风筝正神气十足地替代飞鸟
在天空注释着自由的定义
而那些收放自如的玩筝人
像艺术家一样进退有序
捻动着手指间的那根尼龙线……

谢谢黎明

谢谢黎明，谢谢老朋友又一次
把我从另一个天地唤醒

昨天窗台上还有一堆残雪
像一个忘记飞翔的鸟丢下的翅膀

谢谢黎明，谢谢老朋友没忘记
照样给我一次新的惊喜

朔风尖利地拖着最后的暮色逃走
也扯走那个长梦的结尾故事

谢谢黎明，谢谢老朋友的问候
大家好，在阳光下所有的道路都伸直腰

我知道我最喜爱的工作就是开始
从黎明开始生命就像花蕾芳香

谢谢黎明，谢谢老朋友的提醒
我又想起英娜·丽斯年斯卡娅的诗句

"黑夜漫长——生命短促
我甚至没有力量睡醒"

谢谢黎明，谢谢老朋友的忠诚
让我每一天的生命是与你相约开始

也许再长的生命也长不过黑夜

也许最短的生命也应有个黎明

谢谢黎明,谢谢老朋友的相约
用阳光编织生活一切包括她的影子……

对我说

你原谅所有那些伤害过你的人了吗?   20
——这条春天里解冻的大河   11
    正将那些曾经禁锢自己的冰块
    送往春天的阳光

你还记得你所说过的那些美好愿望吗?
——这片开满鲜花的草地
    五颜六色的小花在同样的绿草里
    草尖和花瓣顶着露珠

天高高云淡淡

趁着天高云淡
天高高地让皇帝远
云淡淡地让风声近
打马走,那马儿是自己的双眼
虽然早就近视
却还依旧勤勉

走就走他个三千年
串就串他个万户亲
走柴门布衣,也走豪门雅士
一行诗引入千家门廊
风轻摇铃,迎我
雨打芭蕉,留客

谁识我前世,知我今生?
说就只说雨后荷塘
多了一只红蜻蜓站在花蕾上
说就只说秋蝉叫翠了
满园绿树的精气
说就怕说啊
沾一身的菊香
两袖的露水,依然如昨
手上还是那一本残破的诗……

爱情从长篇变成短信

……在湛蓝的天空飘着白云
这是传统的风景但也成了经典
绿色的田畦间的庄园
像雨后早出来的蘑菇挂满朝露
少女的眼睛一次次地逡巡
远方地平线伸过来的小道
期待每天出现的穿着绿衣的天使
在无数失望后得到一次狂喜
然后心跳然后脸红
然后躲起来一次次读信
然后失眠然后提笔
然后一次次修改诗一样的句子
再下次蓝天白云绿色田野间
绿衣的天使接过了姑娘的信
那是一封写了一生的信
于是，这封信上的所有印迹
墨水、泪痕、唇印、指纹，还有皱褶
成为一部又一部的长篇小说……

……一根拇指在手机上跳动
"今晚有时间在一起吃饭好吗？"
另一根拇指按动回复："好吧！"
然后在地铁站台上面
人们看见一个女人对着镜子
把两片嘴唇又涂了一遍
像赶场救戏的群众演员……

石头的眼泪

在石缝的眼眶上渗出来
在青苔的眼睫上挂着
然后，一滴滴地
落在我的手心里
啊，这是石头的眼泪

相信石头也会有眼泪
就是相信石头也有一颗心
相信有心的石头会爱会恨
会知冷知暖
看那阳坡石缝上的丛丛黄花
那不是石头的笑
朝着太阳，太阳让石头暖暖的
暖暖的石头上
我正眯着眼睛让阳光
也抱我一会儿

相信石头也有眼泪
就是相信老天爷看着我们
看着我的老天爷对我说
做人就是做好事
做好事的人胸膛里有颗心
这心会疼会把石头也焐热了
太阳就是老天爷焐热的石头啊
我信，太阳是一颗热石头
望着它，让我的泪眼
也五彩斑斓

一滴滴留在手心里

我捧起这一汪清泉

轻轻地抿了一下

是苦是甜，我不告诉你

因为这是石头的眼泪

初恋没有邮票了

在空荡荡的下午
用一支笔
把空荡荡的一张纸写满
其实,是把自己
空荡荡的心填满

把想对她说的话再说一遍
把公园里的小径再走一遍
然后折叠成一只小鸟
塞进信封的巢
是一个神圣的仪式
贴上一张邮票,把初恋收藏

贴上邮票
剩下的就是想象
想信被邮递员取出
然后装进邮袋然后抛进车厢
然后、然后剩下的就是等待
等待另一张贴着邮票的信
信封里装着另一张纸
纸上写满心跳的话
初恋就是邮票
邮票粘牢的想!
邮票密封的念!

今天不用写信了
短信、QQ、电话最快
你要说什么就说什么!

我想说，想说，没有邮票了
还叫初恋么？

2013

坐在梦的舷窗前

坐在梦的舷窗前
飞鸟和骆驼都装扮成云彩在面前舞蹈
真想参加它们的舞会
也就是多了一次梦游
只是，只是万一这次不是梦
一走神跳出了舷窗？
算了，不跳了
还是写诗吧，就写首——
坐在梦的舷窗前……

从一群苍老的柏树中走过

从一群苍老的柏树中走过
它们中最年长的已经六百岁了
我呼吸着六百岁的树发出的叹息
参加六百年开不完的会议
那是明朝,是姓朱的当皇上
嗨,六百年前明朝那些事儿谁知道
我不敢问
我怕我一出声
也就会站在这里
一站也站上六百年
有绿叶有威风的树冠
有六百个春夏秋冬
有一块象征身份的铭牌
"重点保护,请勿攀折"
有?还是没有?
我用了六十秒的脚步代替头脑
从一群苍老的柏树中走过……

雁荡山的雨是什么颜色

玉皇大帝的小秘书今天犯了错误
打翻了起草诏书的墨砚
雁荡山，浓云密布
我们这一行游客撑着伞
像蝌蚪随着导游小旗游进雁荡山

夜晚因为没有了月亮才叫黑夜
有月亮的雁荡山一定是个美人
披着月色轻纱的美人已随唐诗走了
没有了诗意的导游小姐正在说
这是金龟，这是老熊，这是猴……

读着电视广告长大的我们
发现原来还有比自己更弱智的天才
这就是现代旅游的伟大效益
花钱增强自信：登雁荡而知万物
都在像与不像之间！

雁荡山的雨水在这个夜晚
打湿了我的伞我的衣衫
也打湿了我的梦
谢谢了，谢谢雨水让我
在雁荡做了个文人的梦

那梦里的天还是蓝的
那梦里的树还是绿的
那梦里的雁荡挂着白练瀑布

——啊,雁荡的雨水是什么颜色哟
梦里没导游,我问谁呢?

2013

用一束光当作钥匙

用一束光当作钥匙
还是在门外的走廊熊一样跺脚
下一步是拍击门板……
用一束光当作钥匙
还是让一只蚊子在耳旁
讲述吸血的十九种科学原理
用一束光当作钥匙
还是让手机成闹钟
如持枪的警察站在梦的门前
啊，只要让我睁开眼
从无底的黑暗中返回这个世界——
我就谢谢上苍
又赠与我一个盛满阳光的宝库
用一束光当作钥匙……

一棵树在雨中跑动

一棵树在雨中跑动
一排树木在雨中跑动
一座大森林在雨中跑动
风说,等等我,风扯住树梢
而云团扯住了风的衣角
一团团云朵拥挤如上班的公交车
不停踩刹车发出一道道闪电
为什么,为什么,为什么
哭泣的雨水找不到骚乱的原因
雷声低沉地回答:我知道是谁
当雷声沉重地滚动过大地
它发现它错了
所有的树都立正如士兵
谁也不相信有过这样的事情
—— 一棵树在雨中跑动……

乡村拍动着炊烟的翅膀

乡村拍动着炊烟的翅膀
这是奇迹发生的时刻又一次到来
草尖的露水闪烁成钻石
而田野里散布的石头飘向天空
霞光把这些非法入境者一个个染红
唤儿回家吃饭的妈妈
喊出了满天眨眼的星斗
星斗骑着萤火虫寻找童年的伙伴
伙伴远行,在水泥森林里迷路
谁来唤回迷路的心儿啊
是领头的羊儿脖子上的铃铛
是牛背上的笛声
还是每当晚霞染红思念
乡村拍动着炊烟的翅膀
可惜,留守的乡村早忘了炊烟
像鸟儿忘了翅膀……

在昨天与明天之间

在昨天与明天之间
隔着一堵薄薄的梦墙
当我们把眼睛闭上
今天就塞进一只小信封
企图塞进墙上那道窄窄的缝
塞啊挤啊,那些故事
那些脸那些嘴那些手和腿
那些笑声和喊声还有哭泣和咒骂
都在穿过梦墙的瞬间
化作昨天的一张盖戳的旧邮票
明天啊,收到的信封里
只有一张洁白无字的纸
而此刻我们像溺水者在梦里挣扎
在昨天与明天之间……

四川黄龙遇大雪

千山鸟飞绝，是吗？
它们忙啊，它们要去驮春天回来
万径人踪灭，这就好了
扫雪员工用扫帚迎接游客笑脸
孤舟蓑笠翁，错了！
那是黄龙寺蹲在五彩湖边的倒影
独钓寒江雪，没有鱼竿
钓漫天风雪者是你的相机啊……

太鲁阁游记

我和一群游客
走上蒋经国先生带领士兵
在台湾太鲁阁山坳里修出的公路

公路是从峭壁上掏出来的
头顶悬着千万块石头
像悬在地球头上的核弹

我听见石头们在争论——
今天该哪一块掉下来
又该砸向哪一个脑袋

我悄无声息地加快脚步
在石头们讨论结束之前
我要走到头上没有石头的地方

天啊,快乐真的来自天上
蓝天也罢阴天也好,飘着的
不是石头是云彩……

2013

山 醉

有人在猜拳
有人在对着麦克风撒娇
酒过三巡
谁也没发现——
窗外青山
左手按下了太阳
右手轰走了月光
一跺脚
抖落了满天的星子
然后睡去
山风轻拂

机 会

书房里的书堆成了山
山上落满了岁月的寂寞
多可怜的书兄书弟啊

突然上帝派来使者
书们听好了!
说出一句有用的话,你可以复活了!!

复活的机会
让我想到一句著名的诗
不须放屁,试看天地翻覆!

可惜没有谁放出一个屁来
书房依旧沉默
沉默的时间变成厚厚的灰尘……

每日功课

关上窗，关上
就把汽车和汽车上的城市
关在时间的另一边
另一边有许多"来电未接"

门铃坏了，坏了的门铃
就像闪烁早晨阳光的镜子
什么都看到了，看到也不说
不说：主人在家不在家

一杯茶冒着兴奋的热情
闭上眼十分钟
然后打开这本书
读，让心悄悄出浴 ——

不是秘密
心和手巾、袜子都要每天洗洗
用水，也用水一样
清澈纯净的文字 ……

寻人启事

我写保育院里的男孩叶延滨
在野草莓的鲜红果球上
还挂着早晨的露球
露球未干但是日历撕掉了
日历是车票,把男孩带走了

我写黄土高原上的少年叶延滨
跟着头老牛学习出力、低头和沉默
沉默的还有落日和日历
落日带走沉默的日子
沉默的日历匿藏少年的去处

找不到那个手上拿着野草莓的叶延滨
叫不回那个跟在老牛尾巴后的叶延滨
日历翻过去了,像翻脸泼妇
只在脑子里留下他的身影
人呢,人到哪里去了!

两鬓斑白的叶延滨努力写下
还留在脑海里的蛛丝马迹
因为他知道必须写
他是在写一份
寻人启事

正名乡愁

从前是牵着儿子走
我牵着我的儿，你牵着你的儿
啊啊，打个招呼拉拉手
如今是牵着小狗走
我牵着我的狗，你牵着你的狗
都不提儿子
都只夸小狗

从前是邮票贴在信封口
等半个月，读半个月
啊啊，读不完的思念捂在胸口
如今的手机就是儿的手
我揣着我的儿，你揣着你的儿
娘在手机这头
儿在手机那头

周游世界的行装

我想如古人那样周游世界
一匹马驮半袋诗书
半壶酒伴一把长剑
任阳光把身影缩短拉长
随月色引我潜入梦乡
过去很生态
现在很奢侈

还是妻子对这个世界更了解
每当我要出远门就问一声：
"钱包？手机？钥匙？"
——任走遍天涯
都能找回家！

自 由

沙漏里的沙子
有着流动的自由——

从上面的玻璃罐子
通过一条细细的喉管
流向下面的玻璃罐

沙子们奋发努力
沙子们拥挤着向前
自由地向前流动

唱着无字的歌曲
沙子们自由地流动
玻璃罐给它们光明的心境!

而我只看见一只手
正把沙漏翻转过来……

时代进步了

十年前我去青海
一个男导游说
青海这里是原子城
高原上出过三弹
原子弹、氢弹和导弹
他说得很自豪

今年夏天我去青海
一个女导游说
我们青海盛产三蛋
土豆蛋、红脸蛋和欢旦
什么是欢旦？就是像我
一样的小姑娘啊

——我想了想
没说话，很开心！

油菜花儿黄

铺一地金黄
像帝王之毯，不，比帝王
更奢侈地挥洒这贵族的疯狂
用春天的欲望
点燃还那么温柔的阳光
让人们看见了就想
想飞翔，从内心涌上
想放荡，却只大声地唱
油菜花儿黄！……

其实，每朵小油菜花
那么小，小得没模样
那么丑，丑得像那些在花枝上
招来的傻蜜蜂翅膀
把花粉涂成嫁妆

傻头傻脑的丑蜜蜂
天生的打工仔四海流浪
追逐着心上的油菜花——
早春二月在云南，云之南
云片一样的油菜花开放
三月的油菜花在四川
给阴霾的盆地带来一片片阳光
"太阳出来喜洋洋"
唱错了，错了就错了
此刻，我站在油菜花中央
我想，我也很小很丑
很小很丑也很爱晒太阳……

死亡就是那么一回事

已经死过一次了
心肌梗塞
医生就是老天爷
老天爷说，修修还能用
在他的血管里安上三个支架
从此，每一滴血
都是支架里流出来的锈水……

已经死过一次了
一口烂牙
换成一副雪白的烤瓷牙
牙医说，别啃骨头
多吃软食软饭多喝奶
从此，吃软饭后喜欢叨着烟嘴
抽烟时他露出两排白牙……

已经死过一次了
耳朵不是耳朵是摆设
安上助听器，老天爷啊
他又能听见奉承和暖心窝的话
骂娘的话，当然不想听
从此，不高兴就关机
提前来到一个全新的世界……

下一回换个什么零件
死亡，就是那么一回事——
分期换件，还是整体报废
由老天爷安排，如此而已……

北京最重要是要会挤地铁

在北京最重要的事情
是和一千万人挤地铁
千万颗心随着地铁跳动
千万奋力,千万!

把吃奶的劲用出来
你成了挤进车门的最后一位
你是幸福的,你赶上了这一班
这一班因为有了你
改叫"幸福号"

在最后一秒钟
你后退一步关在车门外
你也很幸福,下班"和谐号"进站
不用挤,人们会以拥护首长的热情
把你推进车门。被推举被拥护
感觉真好!

时代的车轮总是滚滚向前
上一辈人说
再过二十年又是条好汉
而你不用二十年
只需两分钟,只花两块钱
就在地铁时代的浪头上
当一回弄潮儿

这是外星人最新的简报
"那个小地球上的蚂蚁变懒了

他们钻进铁蜈蚣的肚皮里

在地下躲太阳！"

歌唱大自然

已经好久没有仰首了
谁在仰着望天？
天上没有星星，说是
都搬到山间去了
也没有鹰，只有画着鹰的纸鸢
盯着地上成串的铁老鼠
胆怯地抓紧那根要命的细绳
　　（我们坐着装上轮子的铁匣子
　　　在大地上飞跑
　　　像一串又一串铁老鼠……）

已经好久没有埋头了
谁在埋头劳作
埋头关心草根和花朵？
花朵的花蕊里应该有蜜蜂
草根下还会有蚯蚓？
没有蚯蚓的水泥马路上
电话号码口香糖粘住目光
　　（我们坐着装上轮子的铁匣子
　　　在地下向前窜动
　　　像一条又一条大蚯蚓……）

给李白邀请信

李白诗兄,谢谢邀请
盛唐办诗会实是千年难逢
只是小弟胃病犯了
遥想杜甫兄吃牛肉不治而去
(胃病看来在唐代是要命的疾患啊)
还是李白兄来我这边好一些
理由如下:

虽然你没护照也没城市户口
虽然你爱上青楼弄不好会上电视
虽然你没有职称还不会电脑
虽然你银行没账户也没有信用卡
虽然你喜好杨贵妃型胖女人
虽然千万人给你写传其实都不是你
虽然你就来了也会被当成骗子
虽然你写诗不新潮也不是富商美妞
虽然你衣衫比电视剧组更唐朝
虽然你露面就只配是乡村代课老师……

这一切都不是问题,李白兄
你还会磨墨会展纸会挥毫写字吧?
还会就成了!带上捆唐代的纸
五锭唐墨,三支羊毫两杆狼毫
几枚名章闲章,一盒印泥,足矣!
然后注册一个李白文化公司
你再自降身份"李白第十八代玄孙"
专售"祖藏李白醉酒狂书"
包准天天美酒,处处红粉知己!

李白回函：
天长路远魂飞苦
梦魂不到关山难！

荷花记

太阳用光线的帚尖
挑起三滴露珠
落在两扇荷叶上
荷叶上的露珠滑动
滑向早晨九点,正九点
一朵粉红色的嫩荷花开了
不羞不涩地开在九点

我前面的那人,在九点
按下快门,摄入九点的荷花
我后面的那一位,飞一样消失
消失像一阵疾风
风尾巴留下一句话——
我赶去明年的此刻此地
等另一朵九点的荷花……

我呆立在荷前
与荷相对无言
说什么呢,无言正好
我不能说我的脚变成了藕
把我固定在荷塘前
让我俩一秒一秒
相视相守
变丑变老

谦逊有礼

走进每个寺院
我都谦逊有礼
泥菩萨有金身还是无金身
我都双手合十
弯腰敬礼
菩萨们都大度而坦然
接受我的目光和问候
如果我这样在街上迎你而去
你会不安,会担心你的钱包……

菩萨不会多心
菩萨是我初中的同学
在饥荒年代,我的初中教室
是一座没有和尚的老庙
一半坐着菩萨
一半坐着孩子

我们都是一群饥肠辘辘的学生
菩萨真好,他们虽也断了香火
依旧含笑低眉望着老师
听没有听?反正样子很专心
我也盯着菩萨,盯住他的脸
只要阳光晒到菩萨的鼻尖
早饭的钟声就会响起!

一千万美金

一匹好马,它站在这里
天高了,风轻了,白云飘不动了
修长的躯干,英俊的耳朵
发亮的皮肤,飞扬的鬃毛
最美是它绅士般的宁静
让我伸头触摸它的鼻额

这是在昭苏,天马之乡的马场
山高水长再加上丰沃草场
马儿什么都知道——
上帝把所有的美德才华给了它!
但它一定不知道,不知道
它的身价是一千万美元
是一所别墅再加一辆奔驰
再加一个经纪人和一堆娱记
再加豪华晚餐和镏金马具……
啊哈,那不是天马了
会变成马戏场上一头坏脾气的驴!
美德养成也容易啊
从不关心钱包开始!

2015

手 镯

一只满绿的翡翠手镯
一只冰种透光的手镯
一圈儿翠色圈住了春天的精气
"不贵，只当先生再卖一辆保时捷
配上你新娶的太太。清代老货哟！"

一只娇若凝脂的手腕穿过镯圈
一只手又轻轻把手镯退了下来
镜子里这只手镯
被十根纤指抚爱
一个男人在耳边低声地说：

"这真是世间无双的宝贝
早先是清宫里的妃子戴过
皇上又赏给恭王爷的福晋
进京城张大帅给了三姨太
天津洋行老板又买给名媛……"

手镯突然从指尖飞向镜面
当啷！玉碎的声音真好听
断镯破镜和男人一齐瘫在地上
一声冷笑，镯子故事戛然结束：
"看谁能挤掉我成它新主人？"

真 相

每一棵草都伸着脖子
更高一些,草原就更丰茂一些
草尖上的露珠更晶莹草色就更绿
绿得看不见地上腐烂的根叶
朔风中的挣扎后的死亡

每一朵花都抢着开放
开得灿烂,草原就更欢快一些
红花和紫花还有黄色的小花
彩色的花毡盖住冬的记忆
冰雪好像没来过这里

鹰在天空高高地盘旋
姿态优雅,如同白云一样清高
好像是个素食者从来就喝风饮露
此刻它离尸体与死亡很远
目光深情地关注新生命

连小草都想仰脖歌唱
连野花都禁不住搔首弄姿
那么有什么理由,不让
草原像一张善于说谎的报纸
忘掉秋日的镰刀和冬夜的裹尸布……

一生一世

我来的时候，这个世界叫作战争
一个人十个人一百个人刚被杀死
没留下名字也没有悼词
我来的时候，手术室没有暖气
冬天刚刚开始，而饥饿
早在门外守候，跺着脚听我哭声

我哭，因为我好像听见上苍
在向我宣布我未来的一生——
经历两场战争，三年的饥荒
十次失去亲人的痛哭
一百零二次考试，一千零一次失望
五十八次被诬陷或被坠物击中
三百八十次抄写检查和思想汇报
七十五次羞辱，从幼稚园开始
到登报批判还装进内部传递的文件
吞下五百斤西式药片和中式汤药
翻过三百座山，六十八次受骗
溺水车祸以及飞机失事，三选一
活下去的概率三百分之一……

我大声地哭叫，因为什么
因为我好像看见上苍对我说——
孩子，这些就是你的单程票
不退不换，不附保险……

初犯告密者

在那个年代
头一回收到情书
不知从哪抄来的酸句子
像粘在手指上甩不掉的鼻涕
那时没有舒婷（现在想来幸运啊）
疙疙瘩瘩歪歪扭扭的酸词
让人想到她长满雀斑的鼻子
还有三代根正苗红的扫帚眉
于是念了三遍伟大的语录
下定决心把情书上交
像上交一封告密信

一个丑姑娘的初恋
把我变成一个告密者
那个姑娘转学离开了这里
老师，在我看不见的地方
亮出了红牌，我知道
那封信在老师手上也是
想甩掉的鼻涕

在那个时代
一张很小的纸条
会像火炭一样烫手
一次没有开始的初恋
让我变成一个告密者初犯
几十年过去了，想起这事
我就觉得自己像一摊
甩不干净的鼻涕！

逃生记

这些被古人制造出来的
方块字，一个个像城砖一样
结实如茧，织了几千年的茧
我一个又一个咬破它
用牙么，用心
用心上长出的牙！

咬破一个，咬破一行
咬破一行又一行
留下我的牙印
还留下我的心血
只为找到一个出口
让灵魂出窍的口
让背脊发痒长出翅膀的口
空气可以流动为风
风可以呼云唤雨同行
在风雨前面还有无边的潮汐！

一次次灵魂出窍
一次次梦中逃离
你说知道，你熟悉那些留下的
证据，归档卷目：诗……

什么也不是的风

我努力把一个个干瘪的文字
排成队,像一个老巫师吹一口气
让它们变,变成一阵风

风啊,什么也不是的风
能让大海像少女一样起舞
那些浪花是大海想拉着风的手……

风啊,什么也不是的风
能让高山像少年一样痴情
那些漫山胡乱灿烂的花想献给谁?

风啊,什么也不是的风
能让平原上处处都忙着犁地撒籽
给拱出土的嫩芽尖一个带露的亲吻!

风啊,我那什么也不是的风
正吹过你的心
你的心是什么

是大海你就广阔再广阔
是高山你就多情再多情
是平原,你就给我一尖嫩芽?

天啊,你的心什么也不是
是荒漠,是戈壁?那么你也该
来场沙尘暴,来个昏天黑地才是你……

进城的人

进城的人见到进城的人
总是说我乡下的山绿,你乡下的水清
进城的人回到乡下总说
城里没山爬,上楼有电梯
没地担水,两元钱才喝一小瓶水

进城的人见到进城的人
总是夸我家里的庄稼,你屋后的果树
进城的人回到乡下总说
城里老板管饭,不愁肚皮愁钱少
花销太多,洗脚花钱上茅房也要钱

进城的人见到进城的人
总赞我那方的女人美,你那方媳妇巧
进城的人回到乡下总说
城里妹子多,像站满电线的麻雀
麻雀养不了家,香水熏人模样儿晃眼

说乡下好的人越来越多
说得乡下人越来越少
越来越少的乡下人守着乡下——
因为进城的人还要过年
过年的人乡下要有家

樱花昨夜风雨

我是修行千年的一只蝴蝶
我从《诗经》的竹简上起飞——
一千年只有一个目的地
一千年也只是一次飞行

直到昨夜，与我目的地只隔一块
初春的夜幕
直到昨夜，与我的思念只隔一道
清明的春雨

我在夜幕的这边，我那薄薄的羽翼
为樱花驭来了千万次黎明的霞光
樱花在夜幕那边，凄风冷雨想掠走
千载的苦恋与期待了千载的约会

昨夜风雨，纷纷洒落飘零于泥水的
不是花瓣，是我飞翔千年的羽翅
风雨昨夜，在风雨里傲然于枝头的
不是花蕾，是我提前到达的梦境

啊，黎明中那满枝头怒放的是樱花吗？
是樱花，也是我，那是千万个我——
我是今日的樱花，也是飞翔千年的蝶
我从《诗经》出发，到达了春天的枝头……

   于鹤壁"樱花节"

与自己面对面坐下

与自己面对面坐下
没有茶,让眼睛对眼睛
让一条叫作回忆的虫子
钻进心最深的那个洞
是啊,那里有生命的年轮
一张加密的纪录盘

生命其实就是一棵树
树叶让人们看到了
树叶是一生努力和尽职的记录册页
花朵让人们欣赏了
花朵是成功与幸运的奖牌
多一点,少一点
其实花朵与枯叶最后都从枝叶上飘落
都是浮云
云雨风雷都是树的命运
写入那年轮的波纹密码

不说年轮,与自己面对面
仰首望天,最远的是星星
最近的是露水,是哪一颗星星的泪水?
低头看地,是流水是土地
是土地下那些让你的根受苦的顽石
别再说它们是敌人
石头让根系牢稳石头证明了树的分量
石头有多顽固啊树冠就有多宽大
沙粒很随和很轻柔
流沙上不长树连草都没有!

与自己面对面坐下——
心气朝上,根系朝下
命运向右,生活向左

2015

大海是谁的厨房

每天都有一颗太阳
染红一片白色的云朵
滑过黑色的山脊
落入大海
也许，那只是我们的错觉
我们看到的是一只鸡蛋
在锅沿上敲破蛋壳
蛋黄拖着蛋清
跌进锅里

大海，是谁的厨房
我只知道厨师是一位诗人
翻动大炒勺的时候
溅出了满天的星星！

莲 花

没有东西可以形容

莲花的到来

与这个季节无关

与炎热的烈日无关

与喜怒无常的飓风无关

与闪电与雷霆无关

与空调机的絮叨无关

与啤酒黄色液体中的气泡无关

与冰激凌和短裙无关

莲花假装不知道这个世界

还有这么多与她无关的事情

莲花开了

一朵又一朵地开了

这个世界也就悄悄变了

我凝神看这朵莲花

一生都等待这一刻

真理告诉你一个喜讯

人类,也许只是一个人
也许是他是你还可能是我
迷恋上了"真理"
这是一个没有性别的词
在这个词后面有一串又一串的词
词汇成为一条小溪
流进一本又一本的书里
书与书结盟
结成巨大而没有出口的迷宫

而真理,这个词汇中的智者
却早早地溜出了书本的迷宫
站在早晨的阳台上说
太阳快升起来吧
小鸟歌唱吧
风吹吧
——告诉大家一个喜讯
那个爱给这个世界添麻烦的傻子
被关进书本里了!

没有故事的人有个小野心

哎呀,你啥都好,都好
好诗好文章好脾气还有好耐心
耐心听我说完下一句——
你只有一个问题,问题也简单
你怎么是一个没有故事的人?

我身边走着的是个小说家朋友
他是我的朋友,却不读我的诗
他看每个人都是一篇小说的原稿
他看了我多年,也没有看出
我是他下一篇小说的主角

我却知道他真是个故事
他是化身,是一百年后中文系
一位爱偷懒的研究生
不读诗,却研究诗,还写诗论
穿越百年提前来找独家学术新视野

我不告诉他,不因为他写小说
会出卖我的隐私,更不因他是化身
提前一百年来走后门
我只是想百年太短,我等下一位
穿越千年的那位,已在路上了……

2016

走着走着

就那么像过去了的每一天
走着走着，走在身边的朋友
就变成呆立的树，随风摇动的草
变成不会说话的石头
哇地叫一声远飞的灰鸦
每少一个就让我停下步子
四处张望一下
四周依旧一切照常

还走吗？走啊，前面还有树
还有一大片一大片的草地
还有不说话的石头和飞行的鸦群
他们还会是我的朋友
他们会被我的脚步声唤醒
哪怕小是小了点
哪怕丑是丑了点

我放心地走着
因为影子忠实，跟着我
因为灵魂忠实，不弃我

灵魂像秋天的落叶

高贵而富有的钱币,印着伟人头像
引来无数污秽的手指揉搓
最后打捆、粉碎、压成一方方
坚硬的燃料投进炉火
财富最后的出口,一抹青烟

骄傲而优雅的书籍,印诗句和语录
逃不过收荒匠用改装过的秤
收纳入编织袋,送进打浆机
漂白,压制一卷卷卫生纸
文明的下一个支流,马桶下水道

在财富和诗篇之间
在炉火与下水道之外
渴求自由的灵魂是秋风驱赶的落叶
每一片落叶都无名
都贫困,都老炮儿,枯如中东难民

在秋风放肆地挥动牧羊鞭间隙
落叶是秋季牧场上的羊群
悄悄地啃食如金子一般铺落大地的阳光
比财富更富有的原来是阳光
比诗篇更美妙的也还是阳光

呼气吸气

好，呼气吸气，别憋气

你刚刚被过去驱逐出境
你幸福吧？一回头，幸福在那头
过去的甜，一过去了，就发酸
酸不是醋，是碰在过去硬墙壁上
那酸酸的鼻尖儿……

好，呼气吸气，别憋气

你有希望，希望是未来在前头
未来这东西，眼睛看不到
你的心早张望过了一次又一次
那是挂在驴脑袋前的那把青草
鲜嫩清香，同时永远有一步之遥……

好，呼气吸气，别憋气

好好地呼气，认真地吸气
一呼一吸间就是你自己
你存在，你履历，你未来
千万别憋气，憋成了最后一口气
你就这么点本事！请保持呼气吸气……

一颗子弹想停下来转个弯

一颗子弹开始了飞行
从一声巨响中穿过细长的枪筒
这颗子弹惊恐地呼啸前行
它想停下来，但立刻明白了
它没有权利想更没有权利停下来
命定了是一颗出膛的子弹
那就飞吧，不想也要飞
那还不如不想

不想就是服从命令的好兵
服从命令，谁的命令？服从命
子弹的命，就是要飞一回！
想转弯？因为前面有个人影
这想法还没有冒出来
飞行的无形力量就让子弹
成为了另一个词：击中目标
这四个字让子弹洋溢着光荣感

光荣而骄傲的子弹
光荣而骄傲地结束了飞行——
夹在一根肋骨和皮下脂肪间
突突跳动的血管挤压着它
让子弹体会到疼痛咬啮的力量
它有点后悔飞到了不该来的地方
停在肋骨间的子弹有时间后悔
但所有的时间都没告诉它
它错在哪里？也就是说：无权后悔

正在这时一把钳子夹住了子弹
把它拖到光亮的世界
一见到光亮，子弹就兴奋
兴奋地准备再次起飞
但接下来的是一次更深的跌落
当！子弹被丢进垃圾铁盘里
天啊，子弹知道了这就是它的命：
一生只飞一次！！

这时它突然明白
为什么有那么多子弹
不光荣、不骄傲、不击中目标
却把一生只飞一次的命运
变成了自由……

要和天空一样蓝

我要和天空一样蓝
一滴水望着天，突发奇想对自己说
——这是杯子中的一滴水
杯子放在窗台上，窗外天蓝蓝

杯子对水滴说，蓝天有什么好呢？
你是水中贵族，高级饮料
都市豪宅区的成员
高级水晶杯是你的新居

有多少这样的小水滴
都说这样的梦话——
"我要和天空一样蓝"
最后，都变成了名贵的咖啡
或者高雅的绿茶……

水晶杯是所有水滴的新居
也是所有水滴的新教员
小水滴望着天空顽强地想
——我要和天空一样蓝
耳朵里却一遍遍地响着
变茶水，还是变咖啡？

天蓝蓝，天空沉默
那些有梦的小水滴在天上
蓝蓝的天上白云飘……
变成名贵茶水和咖啡的小水滴们

下一位老师等着告诉它们

正确面对下水道的长夜……

在安溪遇见观音

神仙也像一片叶子
都有自己风光无限的四季
从春天的萌发滑入夏天的雷霆
从秋天的荣华
融进冬夜的宁静
而观音,却在春光正浓的时候
从长青之树的芽尖上
步入尘世

是被姑娘的指尖掐下来
或被锋利的剪子铰断春梦
命运无常,无常而有持
依天道而认命不悔
把结束当作开始
开始历尽劫难——

青青叶芽的观音
如贫家的孩子光着身子
在阳光下晾晒
在竹篾间千搓万揉
光身子的孩子晒去了嫩色娇气
才能够养家
才有本事糊口
赤条条的观音也受尽千搓万揉
铁下心的铁观音啊
要养千万家,造福万千口……

从常青的树尖上掐下来

掐了，依然岁岁发新芽
烈日晒，却晒出翡翠异色
千搓万揉，万千馨香沁人心
啊呀，在安溪青山绿水地
千种化身百姓菩萨——观音
化身只是一片茶叶

缘分啊，闭上眼睛举起茶盅
一泓清香直下五脏六腑
清香透骨，静思无邪
谁可知道此时此刻
我与观音同在……

最旧的是那春光

最旧的是那春光
是那春光里假装从冬天醒来的露珠
最旧的露珠缀在老枝绽出的花蕾尖上
花蕾仍是最旧的老样式，向上展开
展开的花蕊中盛满陈酿般的阳光
阳光是最旧的老朋友
知道你依旧喜欢老旧的温情
最旧的温情收藏在老家
旧居老家是一首背诵过童年的诗篇
——最旧的就是那春光
让我回首旧时的欢颜
久违了的最旧的老童话一样的故乡

旧过了诗经的春光
旧过了唐诗的春光
春光是旧日的朋友依约而至——
我那枯了一冬黄叶一样卷缩的心
伸开，展平，像一片新芽……

我开始说：多少年前

我开始说，"多少年前"
这一句开场白，比"女士们，先生们"厉害
厉害如同出土的铜鼎
充满了岁月的颜色和时光的分量

我开始说，"多少年前……"
就当一回老资格的足球前锋
朝着你发一个点球
我一只脚踏在罚球点的足球上
而你屈着两只腿
像蛤蟆站在球门前
当上一回倒霉的守门员

我开始说，"多少年前……"
就当一次拳击教练站在拳台下
斜着眼看你在拳台上
挥动两只拳击手套
而拳头雨点般落在你脸上
我习惯地在这时候摸摸牙床
悼念我当年牺牲在拳台上的断牙

我开始说，"多少年前……"
就当一场超女比赛的现场评委
口吐莲花地夸你时尚夸你前卫夸你个性
而在心里一百遍地朝你说
赶快从我的面前消失！
幸好你这小疯子不是我的女儿！
就因为你不是我女儿而得奖吧！！

天啊，我开始说，"多少年前"
这么平常的一句开场白
让女士们先生们瞪大眼睛看着我
像看一只出土的古董

父 亲

一个跋涉者问你——
我怎么做父亲?
你给他一双鞋,给他鞋
鞋会教会他以后面临的事情

一个乞讨者问你——
我怎么做父亲?
你让他把手握成拳
他手心里的就是他的一切

一个士兵问你——
我怎么做父亲?
你把枪插在地上,那枪
在他头顶上长出一片绿叶

一个富翁问你——
我怎么做父亲?
"去找回失去的儿子吧
那孩子带着你失去的童心……"

心都聋了

天空是娘,用太阳的乳汁喂养
喂养高傲的枫树,也喂养低矮的野草
小草举不起云朵,但也噙着一滴泪
当太阳亲吻着它的那一刻
那滴泪水里
泪水只是一滴
也有一颗太阳……

江河是娘,用雪山的乳汁喂养
喂养那些等了她一年的花蕾
于是花朵怒放,遍野芬芳
花朵的花蕊上飞来一只只蜜蜂
有一只蜜蜂悄悄对花儿说
我从雪山来
在雪山我是一只鹰……

黑夜是娘,用月亮的乳汁喂养
喂养宁静的大地,大地在我梦中
梦正在朗诵一首月光之诗
月不语,诗句哭了
哭着的诗对我说
心听不见
心都聋了……

过程太短，想法太多……

等了漫长的一个冬季
在最黑最暗的夜里
也保持着冰清玉洁的恋情
冰雪是春天的暗恋者
守在寒风中
盼着下一个早晨
只是在春快要到了的时候
暗恋的冰心，碎了
那哭得稀里哗啦的冰雪
流光了泪水，也在泪水中走了
在春天到来前的那个月夜

一大堆献媚者冒了出来
毛毛虫变成了花蝴蝶
羊粪蛋般的黑豆也冒出了绿芽
枯枝秃干的老榆树也抖出
满天飞雪般的榆钱儿……
说实在的嫁给谁
都只可惜了这好时光
难怪说，春梦虽好
春夜难入眠！

嫁给我！大喊大叫的雷声
像驾着铁甲车从夏天赶过来
虽说也有帝王气概
真也吓坏了闺梦中的春
匆匆乘上春天最后一趟
最后一趟开往明天的列车

一场春之恋

凄凄切切开始

轰轰烈烈收场

像所有美丽而凄楚的爱情一样　　　　　　　　2

过程太短，想法太多……　　　　　　　　　　0

　　　　　　　　　　　　　　　　　　　　　1

　　　　　　　　　　　　　　　　　　　　　6

改变世界的十行诗

2　　开车的,请把你的倒车镜留给打鼓的
0　　打鼓的,请把你的鼓槌儿留给弹琴的
1　　弹琴的,请把你的乐谱册留给台上的
6　　台上的,请把你的报告稿留给乞讨的
　　　乞讨的,请把你的二胡琴留给当兵的
　　　当兵的,请把你的作战图留给盗墓的
　　　盗墓的,请把你的盗墓铲留给放筝的
　　　放筝的,请把你天上的鸟留给写诗的
　　　写诗的,请把你笔下诗句留给夜行的
　　　夜行的,请把你头上的星星留给众生

命运让谁捧着

枯萎了，玫瑰的花瓣
一瓣又一瓣洒落
落满一地枯萎
才让落英残红回忆
绿叶肥腴，花朵娇嫩
含苞欲放时分
曾让人捧着

让人捧着，如捧着
金玉珍宝
那只是几根虫草
没有人见过虫草的草叶美
没有人见过虫草的虫儿肥
死了，风干了
变成一条条僵尸了
才让人捧着

不要哭

天空放下了绵长的雨丝
那些飘浮游荡的云霞已是过去
只有密丝线一样下坠的愿望
追赶着混浊的溪流
不要哭,天空学会了放下……

大地放下像雪花纷飞的落叶
所有生长过的野心在秋风中沉醉
原来成功与失败都只是一春一秋
春秋之事都是一曲风中狂舞
不要哭,大地学会了放下……

马儿在耳畔放下了蹄声
花儿在鼻尖放下了芬芳
爱情放下了诗篇
岁月放下了青春
不要哭,生活放下了欺骗……

说说幸福

老天爷在你过年的日子
给你送去一截香肠
这截香肠是摆在厨房幸福？
还是在餐盘被吃掉幸福？
小狗甩着的尾巴说
有了，吃不吃都幸福……

土地送给你一条路
不远，就在脚下
路走上去，就有了远方的幸福
越远的幸福就会越累人
不走路，只会叫人沮丧
回首望去的幸福——
都留在走过的路上面……

一瓶酒看到了它就觉得幸福
拿回家去一路走来很幸福
摆上桌子让大家说幸福
喝下肚每一口都幸福
喝醉了啊，能吐出来就幸福
时间也就这么醉了——
醉了时间，忘记的那一段最幸福……

柜子里的鞋

贱！这双放在柜子里的鞋在骂自己
它静心地注意柜里其他的鞋
都如自己一样安心宁神
像被冷落的妃子
在后宫等待临幸

别傻了，出去了又如何？
伺候一双又臭又没文化的脚
还不如冷在柜子里
哎，是被人踏在脚下，还是
冷落于鞋柜，哪个好？

问帽子，帽子挂在帽架上
高挂的帽子身份高
和脑袋相处必有文化
主人出门顶在头上
主人回家挂在上头

帽子顾左右而言他——
各家都有各家的难处
帽子怕绿
鞋子别破
对了，知足者常乐……

幼儿园

起来啊,今天多好的太阳!
——每天老师都用这句话
叫醒我,其实睁开眼
外面有时乌云密布……

今天,我们该做些什么呢?
——每次老师都这么开讲
做什么?我们不知道
我们像等待奇迹出现……

再远一点,再往远处看啊!
——我们拉着手出去散步
这句话,像铃铛总在响
老师好像只揣着这句话……

几十年过去了,突然我发现
几十年我都好像生活在
一个幼儿园魔咒里
像活在同一天——

起来啊,今天多好的太阳
今天,我们该做些什么呢?
再远一点,再往远处看啊!
——生活之脸,总是那么可爱……

面壁太行好汉歌

是爷们是汉子
就在这里面壁
十年面壁,面壁十年——
三千六百五十个日夜
用饥饿年代之血肉之躯
面对太行山十万巨石阵!

开凿红旗渠的父兄们
真的愿意用一根粗绳
把自己瘦弱而饥饿的身体
吊在山崖与朔风之中
这朔风如刀的高崖之上吗?

老天爷都知道
吊在高崖上玩命的
是三年大灾中的一页页日历
像冬天枯树上颤抖的叶片……
只因为背上有粗绳
只因为手中有铁锤
饥饿年代的饥饿
才只能止步于饥饿
收工后会有一个粗粮窝头
让生命熬过又一个冬夜!

向死而生
比高崖更坚硬的
是生的希望!希望是火种
是身体与岩石交锋点燃的引信

引信点燃炮眼，炮炸巨石
那是生命高声的呐喊——
汗水和泪水比岩石更厉害啊
何况是十万苦难者的汗！
何况是十万饥饿者的泪！

十万面壁的达摩
不，是比达摩更有信仰的杨贵
十万面壁的杨贵
不，是十万插在太行山的红旗

面壁，面对死亡而求生存
面壁，忍受饥寒而求温饱
面壁，因为干涸而求雨露
面壁，怀抱热爱而求明天

今天，每个站在他们面前的人
面对大渠，也面壁太行
面壁不动安静地站一会儿吧
静静地闭上眼……

面壁者，如果能感到
熟悉的一声声呐喊
亲切的一句句叮咛
融进了崖壁下这渠水淙淙
又淙淙流进了你的每一根血管
你是幸福的啊！！
幸福有源幸福有根
只因你的父兄，你的列祖列宗
也曾经是，一定曾经是
面壁而破壁的枭雄好汉！

从指缝里

阳光从指缝里泻下
像从云彩间射出
被风吹动云朵的帆篷渐渐消遁

清泉从指缝里滑下
像没有关好的水龙头
滴滴答答地成为失眠的理由

月光从指缝里飘下
像水银更像被摘落的月季
花瓣铺满小道轻声召唤梦之吻

细沙从指缝里漏下
像历史从书本中逃学
每一粒都藏着一个没有破译的故事

我捏紧笔,好让指缝并紧
不让生命从指间滑落
哪怕生命因此而消瘦,消瘦为诗!

花儿开了

> 在武胜住名叫"花儿开了"的乡村民宿。
> ——题记

2017

天上的云朵散开了
田野里的雾气变成霞光了
你的眼睛也亮了
只因为,花儿开了

天上的星星闪亮了
河里的月亮追着你的身影了
你从城里跑来了
只因为,花儿开了

我只是一朵无名的花
无名的小花也能开得灿烂了
你是个诗人我知道
花开了,你的诗醒了

你的诗醒了你的心也开花了
你想和我虚度时光
别酸了呀,你和花儿在一起
花开了,时光就是花!

如花的时光叫阿依达
时光老了阿依达不会老
不老的时光在远处
花开了,远望都是花!

最美的时光是对着花儿发呆
发呆的花儿与你相对无言
你发呆得能听见花儿心跳
醉花丛,你被芬芳一回

最幸福的时候是醉成一朵花
城里姑娘看到你就变傻
你安静地听见"我爱你"三个字
你决定,就变一朵花……

让我请你去看海，好吗？

"让我请你去看海，好吗？"
这句话最早出现在一部电影里
电影里的爱情让这句话有了眼泪
眼泪泡出了山盟海誓的滋味

"让我请你去看海，好吗？"
这句话穿越进谍战连续剧里
联络暗号有几分暧昧的意蕴
一半观众闻到女间谍的香水气味

"让我请你去看海，好吗？"
这些字挤进诗人写的诗句里
诗人是海滩上退潮的贝壳
蜗居还留在沙滩，灵感躲进大海

"让我请你去看海，好吗？"
地铁站台上有人对我说了这句话
吓得我退后一步转身就跑
谁呀，不兴在公共场所吓人！

取暖的火炭

青春就是一棵树,对于我
是一棵被截成一段段木头的树
截断了的青春就叫柴火
自己对自己说
那一截截青春也叫诗
诗也罢,柴火也罢
燃起来取暖
为知音,为读者
也为那个永远迟到的未来

等到老了
等老的青春是个树桩
我坐在上面等
未来还不来……

我坐在树桩上
读诗,读那些燃烧过的火炭
奇迹出现,树桩伸长、发芽
向四周展开茂密的树冠
我呢,我在哪儿
请你抬头看,树冠上有鸟巢
鸟巢上有翻卷的云烟
云烟追着风!

长短都是一春

春暖花开,你开我也开
有的开得长
也有的开得短
长也长不过一个春
短也能沾一点春

早开的,多迎几次
眼神的光临
也会迎头遭遇几多风寒
晚开,多享几次
阳光的抚爱
也要挨上初夏的
雷电霹雳呵斥

短的,如昙花
把长久留给思念——
谁见过思念是个啥模样?
谁又用尺子丈量过
思念的长短?

最长久的花,都留在
画师的笔下
画师最擅长指鹿为马
花非花,其实与花无关
不知是牢骚
还是叹息……

白　鹭

是谁用剪子，好快的剪子
剪下云的一角
这碧绿的湖水上
遗落一片洁白的孤独

孤独的白云从心中
伸出一只长长的脚，像一根钉子
钉在湖水惊慌的舌尖上

一支瞄准好的猎枪，枪管折了
像枯焦的荷叶，折垂水中
枪腔中的那颗没能射出的红皮子弹
开成一朵粉红的荷花在风中摇动

白鹭飞起来了
湖水轻松地叹了一口气
一串低沉的雷声追赶白鹭远去的背影

天　堂

天坛是皇上祈天的地方
也是我通常散步的去处
　　天坛的麻雀说，天坛就是天堂
　　人手上没有弹弓
　　因为弹弓在这里会引来罚款
　　肥猫比胖人更懒

天坛是皇上祈天的地方
也是我通常散步的去处
　　天坛的松鼠说，天坛虽是天堂
　　天堂里过日子也辛苦
　　活一辈子了，吃食还要用嘴啃

天坛是皇上祈天的地方
也是我通常散步的去处
　　天坛的野猫说，天坛算是天堂
　　在这里会幸福地老去
　　只因身边一切比你更老……

天鹅飞翔

天鹅死了，死天鹅让我知道
风是多情的，多情的风有温度
有温度的风正温柔地掀动
天鹅渐渐没有温度的羽毛

比风更有温度的手指
捏住鹅毛管削成的笔
这支被风抚爱了一生的羽管
纸上留下了风的影子

风的影子就是灵魂的影子
影子在文字里挑出的衣裳那是诗
比手更有温度的诗正托起我
说，飞一次吧，哪怕在梦里飞……

天黑了

天黑了，太阳下山不是天黑了
乌云如涌遮住月亮也不是天黑了
大风吹断了路灯吹落了星斗
也不是天黑了，天黑了是你自己
你拉上窗帘，灭了灯，关了手机
再闭上眼睛说声：天黑了！

天黑了，被人诅咒不是天黑了
大声申诉无人理睬无处说理才天黑了
没有人信你的话，你天黑了
看你像看透你是骗子，真天黑了
躲着你像躲着一个怪物，你的天真黑了
天黑了？自己喊一声，别怕 ——

闭上眼睛，去做一个梦
梦里拿起一支笔，蘸着黑天的墨汁
写一句，东方欲晓 ……
有人大笑，抄袭！啊，你被叫醒了
醒了就好，就对自己说 ——
就不信这黑了天，从此不再亮？！

天会黑，黑了天，黑了也还会放亮
只要推开心窗，不怕没阳光 ……

2018

只是挂在树枝上一颗果实

只是挂在树枝上一颗果实
果实发现自己成熟了
成熟的是涨红的脸
是被欲望充盈的身躯
还是刚才萌生的离开树枝的念头
离开？是等待主人的剪刀
还是等候一只喜鹊的馋嘴？
是自己随风摆动而挣脱
还是让雨水洗去依恋而落？
这只果子像哲学家一样思考
思考成一只坚硬的核桃
好啊，多好的核桃，人见人夸
从一堆核桃中挑了出来
在无数人的手上传递把玩
把玩成名流把玩成贵妇
在展柜里摆在电视里播
唉，后悔也没人理会它
只是挂在树上的一颗果实……

恐怖主义

一把舞蹈班毕业的铁锤
回瓷器店上班了
不知是谁播放疯狂的舞曲
铁锤听见舞曲,管不住舞步
陪舞的是一声声瓷器碎裂的声音
声音刺激着铁锤
铁锤更痴迷地舞蹈
不知瓷器比铁锤疯狂
还是破裂声比舞步疯狂……

一只绝世精美的瓷盘
被保险箱保管过的瓷盘
被锦缎软布裹紧的瓷盘
落进比保险箱更深的水底
陷进比锦缎柔软的污泥
无声无息没人知道
无日无月没有谁来惊扰
安安静静在黑色的污泥世界
一只精美瓷盘它只有
那颗小小的谁也摸不着的心
死了,真死了,死过了千年……

我在梦中说：这是梦

所有追赶我的人，站住了
我转身如侦探与他们面对——
我认识她的，那是我幼儿园的老师
她比我小学的老师更年轻
我认识他的，那是我小学音乐老师
他比我中学的老师更英俊
我认识她的，那是我中学的班主任
她比我大学的老师更漂亮
我认识他的，那是我大学的系主任
他没有同事脸上那些皱纹……
——他们敢不随岁月而衰老变丑？
只有梦能为往事保鲜！

我清醒地在梦中对着这群人说
别再追了，回去吧！这是梦！
天啊，我竟在梦中对人说：这是梦！
——那么，此刻是我在梦里写？
还是你在梦里读？

我想变成一座岛屿

就是想变成一座岛屿
无所谓大小,无须有名气
岛屿会改变我的习惯和规则
比方说,太阳我就用不着对它唱赞歌
太阳重要抑或不重要
它都是从海水里升起
它都会落进海水里
为它准备的伞还叫太阳伞
但伞也不重要了
伞只是风景中一道最小的道具
而我是你的风景

想成为一座岛屿
还有一个小小的顾虑——
自由的定义由风来重写
而且自由还与风速有关
自由的风让我不再自由
风速一旦超过八级
渡轮停航,我变成一个囚徒
　"啊,让暴风雨来得更猛烈些吧!"
这句诗人们的口号
在此时此地只是表明
我太脏了,我需要一次淋浴

我还是想成为一座岛屿
因为和大海在一起
在这里,伟大的太阳也只是
一条每天蹦出大海跌回大海的鱼

在这里，风将自由重新定义
定义为出航的汽笛和返航的旗语
平凡的我也会有新的习惯
习惯风暴习惯寂寥
习惯在梦里和大海一道呼吸
习惯梦里遇见你
又用不着告诉你……

那就是诗

一个皇朝的殿堂坍塌了
灰飞烟灭了多少金碧辉煌
高柱巨匾,雕檐画栋,玉笼香炉……
以及在这些巍峨建筑上停驻过的
堂皇、华贵、威严、气势、肃穆、庄严
都变成一缕缕烟雾消散
只剩下几块破碎的瓷片
将残存于上的生命的证据
让大地悄悄地收藏起来
大地说:那是诗……

一个女人把所有的都奉献了
把身体给了她的男人
把乳汁给了她的儿女
把清晨和黄昏给了年迈的公婆
甚至遗忘了窗外的雏菊
甚至不再做少女时那些羞涩的梦
这些让她羞涩的梦藏起来了
藏起的是她没有奉献而是留给自己的
藏在心的深处
心知道:那是诗……

一个男人被彻底格式化了
像一块电脑硬盘成为标准配件——
普及版的笑容加上合乎级别的手势
在属下前做文件体的指示
在上司前说政策允许的吹捧
还有认真记录的同时频频点头这类

职场潜规则的形体动作……
但有个病毒令他走火入魔不按程序生活
心会痛，痛心地发现自己是个男人！
"心病毒"：那是诗……

窃

窃走我的青春
在那个满天星子说话的晚上
我颤抖的手写下你的名字
那是一个能烧红笔杆的魔咒
窃贼是谁？风吹走了那张纸
这个世界从此同时遗忘了
我的青春和那个名字……

窃走我的野心
让我痴迷于字与词的角力
书生挥斥十万大军
在诗林间检阅才情雄心
稿纸当沙盘，走马吟大风
窃贼是谁？谁窃走了
那本将军授衔名册上我的名字……

窃走我的财富
让我捆在命运的过山车上
有惊无险地回到起点
童年的那个沙滩还是沙滩
海水依旧咸，太阳依然亮
只是不再向远处张望，闭上眼
看到的会比睁开眼看到的更远了
窃贼是谁？让我赤条条来
又赤条条地躺在这里
晒我半生风雨打湿的名字……

在古徽州民居戏楼里谈诗

在蚌埠民居博览园
一座拆迁修复的古戏楼
一群诗人天南海北来
古戏楼大堂入座,坐而谈诗

每个诗人面前摆了桌签
是向古戏楼介绍新票友
诗人们谈吐皆当下流行新词
围一起也是手机外朋友圈

我发现诗人还被包围
被另一个朋友圈团团围紧
它们也来自四面八方
它们是柱、梁、门、窗、廊……

我是柱,我脚下石墩非原配!
我是窗,受不了后脊新铁钉!
我青砖老友不见了,我孤独!
我谢谢老板,让我有新队友!……

它们的发言惟有我听见了
怕主持会的舒先生分神
我悄悄告慰那些柱们和窗们
"同志哥们,搬新家辛苦了……"

高座寺有一朵莲花开了

在高座寺的经堂外有个小院
小院中央有只水缸
水缸中有簇荷叶

荷叶中一朵莲花
悄悄抖开花瓣
花瓣伸向我——

莲花，你为何此时开
是经堂的诵经声唤醒了你
你是如来门外的旁听生？

还是骄阳叫醒了你
你的花瓣捧着一缕阳光
阳光在露珠里对我笑？

你和我一起来到高座寺
你因为我的到来不再孤独
我欣赏你独自灿烂的心！

我因你忘不了高座寺
你是庙堂最动人的诵经者
来世今生天地间一朵莲！

你来迟了，晚了千年
没赶上云光法师天花乱坠
落花如雨的那天

我来得正好，正好今天
静对一朵莲花，如千年之约
我心花悄悄开了……

2
0
1
8

童年画面

一大片洋葱地在春天恋爱
一根根粗大的葱茎顶着白色的花冠
那是一群赤脚舞蹈的少女
阳光下一匹小马驹从胎衣里爬出来
跪地,然后颤巍巍地站起
然后向母马依过去
我也飞快地沿着春天踮着舞步的路
跑向学校,书包拍打奔跑的双腿
(当我站在童年的坐标上
那条让马驹和我一起撒欢的路
被一幢幢水泥楼房代替
走的人多了,也就不是那条路了)
童年的门外有石板搭的鸡窝
黄昏的时候,鸡们回家了
跟着鸡们做出的示范
毛茸茸的狗崽也挤进鸡窝
茸茸的小狗给鸡窝添一道暖门
鸡犬同室,趣多多,乐融融
只是有一天,长大的小狗
再也挤不进鸡窝的小门了
孤单的小狗守着院子里的月光
让人想起李白的诗句
(门外响起一串钥匙声
对面是新搬来的邻居
一个月了,还只听见过他的钥匙声
那声音和上一家的不一样)

变奏曲

不要说我和你是仇雠
也不要说你总想着我
一块硬币的两个面永远不一样
永远背靠着背
谁也离不开谁……

你在船上而船在风暴中颠簸
我在树荫的蛛网上喘气
夸你弄潮儿也是在夸你的船相当结实
说我麻烦缠身也怪蜘蛛网虽也叫网
但只对蝴蝶翅膀有威胁……

一场地震埋葬了你的英名
你不叫范跑跑但也想跑向镜头
我的梦从此也残缺得没有了结尾
在一个英雄的胸章和事迹后面
删去了无数真实的儿童不宜

天气预报说你那里今日大雨
我背上第三排肋骨也开始隐疼
这个世界越来越小
在飞机航班和无线电讯号之间
我和你爱也难相聚，恨也难分离……

我应该是他们的一部分

抬头望见满天的繁星
在乡村，才知道广阔多美
望见那些也远远望着我的星子
我想，我应该是他们的一部分
只是，低头大地我知道
遥远的星子抛弃了我

坐船迎来无边的波涛
在大海，才知道自由多美
随着那些起伏的波浪心绪荡漾
我想，我应该是他们的一部分
只是，回到岸上我知道
坚硬的海堤分离了我

远足走进无垠的森林
森林里，才知道丰富多美
我想，我应该成为他们的一部分
只是，穿越森林我知道
前方的诱惑带走了我

置身车水马龙的城市
人群中，才知道世界真小
我想，我应该是他们的一部分
只是，他们每个人都说
我其实就是另外一个你！

觉悟之心

我从飞机走下来
下来，下到世界屋脊的拉萨
我走向神圣的布达拉宫
我的心越来越快地跳动
不是紧张
只是因为缺氧
缺氧在大脑里疼痛成觉悟
我知道了
我这一生可以飞得更高
却不能站得更高
一生最高的立足处
是在布达拉宫的佛像脚下……

我从东方朝此走来
走过耶路撒冷这死亡的街巷
走过了耶稣走的那条小路
他背着十字架上了台阶
我的眼睛朝前面看
看不到那个终点
我知道我也会死
像背十字架的耶稣
但这还不是觉悟的终点
终点是耶稣最终复活
复活的耶稣最终离去了
最终留下孤独的我……

小情调

小家伙,那么小的一粒砂
让走路变麻烦
叫散步成了不愉快
——绝不能让它钻进回忆里
那会硌痛了梦

弯下腰
抖一抖

听见比砂粒还小的痛快话
——多臭的脚丫啊
傻子才舍不得走,走也……
砂粒消失了,哪去了?
想找它真比登天难!

蹭掉鞋上的泥

风雨在背后,面前是门
跺跺脚,再蹭蹭鞋跟上的泥
或者干脆把蹭泥的鞋
留在门外,接过门里递出的
一双绣花拖鞋

门外门里,两个世界
蹭掉鞋上的泥
成了几乎不用脑子想的动作
像狗摇尾巴一样
拖鞋把一双脚迎进温柔乡

被蹭掉的泥巴留在门外
门外依旧风雨交加
让那双从泥浆中走过的鞋
继续体会风雨同舟
或者相扶相携的那些成语

不知蹭掉的泥巴会想什么
最好坚信泥巴不会想什么
假如我是被蹭掉的那块泥巴
我会想什么,我不傻
我也不告诉你……

旅 途

在漫长而困乏的列车上
有个人仰着头睡着了
整列车厢的人都看着这个人
睡着了的人,挂着香甜的笑
从嘴角流出一丝涎水
他靠在座位上
座位铆在车厢的地板上
车厢架在列车钢轮上
钢轮驮着他的梦在铁轨上飞跑……

而另一个人躺在鲜花丛中
这个人仰面像睡着了
悼念大厅的人都看着这个人
像睡着的人,两腮擦了红
两片唇像想张开说话
他只是在另一个旅途上
另一拨人在另一个站台迎他
他习惯出差习惯出访
习惯了人们像今天前呼后拥……

一个短小的梦

欢迎光临,光临天堂
这是特意为你准备的天堂!
炫目的光芒,明亮得
让人想起那两个字,辉煌——

辉煌得一片光芒
没有一根草,没有草腥
没有一朵花,没有花香
没有翅羽,没有飞絮
连飞舞的尘埃也没有!

没有尘埃的地方
是手术室的无影灯下
或者是生命的禁区……
谁在说,把我从梦中惊醒!

梦醒了,梦中所见让我
回想我在尘世所见到的光明
那些划破黑暗的光束中
都有许多飞舞的尘埃……

独对大海

面对你,一万年和今天的大海
我是打印在生命诗签上的
一片叶子,一片落叶

鱼儿一摆尾,离去了
我听见它的叹息,可怜的
残疾缠身的人

星星在海面上变得更为大胆
鼓动着血管里的潮汐
而梦想从我张大的嘴巴逃向大海

抛下的不仅是一副肉身,几根骨头
从字典里搜刮出的诗句
顷刻化作大海浪尖的泡沫……

幸福之歌

趁无人商店还没有扫荡这条大街
我幸福地向一个个小贩
抛送我真心的问候
恭喜发财,生意兴旺,我此刻发现
这些废话其实很人性,很美

趁机器人配餐员还没有辞退厨师
我幸福地向服务员送上微笑
一盘土豆丝,一份东坡肉
为什么我的眼里含着泪水
因为明天我将被机器饲养

趁无人驾驶的车还没占领城市
我幸福地挤上今天的末班车
前胸贴后背,人心挨人心
在计算机和它部下统治世界之前
挤在一起肯定感到幸福

在所有时间都被超级计算机变成利润
在所有心房都像计算机精于计算
在所有脸都变得像外星人之前
我幸福地用我的笑脸
迎接每一张迎面而来的脸!

在晚霞消失之前的这二十分钟
我幸福地写下一个幸福的人写的诗……

前世今生

我为什么那么深情地
望着天上,天上有鹰在飞
在白云的诗签上

那就是鹰,天上的孤臣
清风与雨水的知音
没有交响乐伴奏的独唱者

我闭上眼睛
我体会到一个悠长的夜
在鹰的肠胃里的死亡

飞机抖动着,我醒了
在金属的肠胃中听火焰的吼叫
我说,我还活着

诗 人

他记住了自己犯的第一个错误
也是最后一个——

他冲着一个大肚皮的国王喊
他没有穿衣服!

……所以现在他说出的每一句话
都穿着精制的外套

鸟儿飞走了

那些新鲜的句子
像一根根带着嫩芽的树枝
零乱地堆在心里

一个没有阳光的上午
一杯泡着苦茶的杯子
灵感像鸟儿，鸟儿不筑巢

鸟儿飞了
留下没有羽毛的世界
皮肤上只有油亮的脂肪……

天堂与地狱

一颗露珠
沿着叶片的脉络
晶莹滑动至叶子的顶尖
挂在那里的露珠
牵着一丝阳光
不要多,一丝阳光与一颗露珠
就是最小的天堂

眼前,一根毛发
不知羞耻地占有了
酒店宽大的浴缸
原来地狱并不遥远
原来地狱也不是黑暗无边
一根毛发统治着的浴缸
就是洁白的地狱

割草机

割草机在欢快地歌唱
像小狗一样贴着地面奔跑

它的歌声是春天的歌声
吵醒了公园里打盹的老头

老头闻见了青草的气息
不会歌唱的青草用气息发言

老头眯着眼睛望一眼草坪
草坪是小草聚集的广场

啊,春天到来了,小草在歌唱
老头想起年轻时记得的诗句

剪齐了的小草在开迎春大会
老头想,这是多么温馨的场面啊!

老眼昏花的老头看不清每棵小草
绿色的草坪让他放松地享受安宁

小草不说话小草也不会歌唱
割草机正齐刷刷切断它们的脖子

切断了脖子的小草趴在地上
那些地下的根正悄悄地鼓励它们

记住那个冒充春天的割草机屠夫
记住你们的命运：春风吹又生……

2
0
1
9

阳光之城

越来越宽松的鞋
越来越窄小的出租屋
越来越不能离身的手机
越来越长的通讯录
越来越闹心的骚扰电话
越来越忙坏手指的朋友圈
越来越多的点赞
越来越小的红包
越来越跳不完的新单位
越来越挤不进去的关系网
越来越低下去的头
越来越高的楼森林——
太阳啊，太阳也挤进
这水泥森林的他乡之城
早九点从楼缝之间抬头起升
晚五点赶在交通高峰之前
从楼缝间溜进地下室……

2019

长满绿锈的剑

每一块锈斑,都在痒
痒痒地提醒玻璃柜中的剑
曾经吹毛立断的风流
无数剔骨挑筋的淋漓

剑老了,剑退出江湖了
剑想忘记这一切
容易啊,只要一块磨刀石
亦可再次回炉,让铁锤击打

荣幸啊,此剑被册封一级文物
那些痒死人的锈斑
是剑被风雨佩带上的勋章
是剑不可磨灭的光荣

于是在众目睽睽之下
在透明的高贵的丝绒之上
那些发着绿光的锈斑
让剑永远地痒,痒啊,痒死
也不可超度……

山行无诗

松下无童子
我提醒自己这是旅游
不是在读唐诗

山涧无清泉
我想还是抹去这句诗
众山阻止了我

我手中的那张门票
不是野僧投递的请柬
隔了千年想投也难

脚在山道上踟蹰
脑子却在书柜里巡逡
该是第五页，该是第三行了

书页中众荷喧哗
一颗露珠沿着荷叶滚动
滚下荷叶，挂在我的腮前！

二胡的弓抖了几下

一把弓，抖了几下
扯出了我眼前的小巷
扯出了半个世纪的一声长叹
还是那么揪心
还是那么酸

密码应该照旧
密码是刻在一根长笛上
一个个圆孔的位置没有变
只是按孔的吹笛人走了

返程车开远了
把我留在站台上
那把弓还在我心尖上扯动
锯开的伤口
流淌着月色……

水 声

听见粪勺在水沟的石头上磕碰的声音
听见狗舌头在水洼上卷动的声音
听见泉水滴落在竹筒上的声音
听见溪水在石坎跳跃的声音
听见雨在瓦檐嬉笑的声音
听见露珠滚落叶尖的声音
听见船篙击水的声音
听见缸裂水激声音
听见……水声音

没有水声,是梦的声音
睁开眼,看见梦正趴在水龙头上
对我说,听见了吗
家乡的声音……

穿越：重返桃花源

2019

早上手机响了提示日程
北京大兴国际机场乘坐南航
于是我按照手机的指令
像一只蚂蚁走进巨大的世界
一座用钢铁与玻璃筑成的宫殿
现代艺术般地变化钢铁与玻璃表演

变化成门，自动扫描你面貌而开启
变化成窗，巨大的窗假装为天空
变化为通道，引你走向一排排座椅
变化为声音，声音从钢铁和玻璃而来
像钢铁与玻璃的催眠师，不男不女
请找到你的座位，请系上安全带
我在钢铁与玻璃的包围中闭上眼睛

听见火焰开始低沉地呼啸
呼啸的声音变成狂欢的歌唱
在火焰的歌声中这钢铁方舟
如一支羽毛轻盈地飘浮在空中
我知道我也像空中的一朵浮云
浮在空中，也浮在梦中
浮在梦中，穿越着时光而行
直到一阵颠簸像摇篮之手把我唤醒
我知道把我召回的是坚实大地

睁眼走出，满目青山如锦绣
迎面屋顶几个大字：桃花源
草尖的香气说你一梦千年

一场穿越,世上真有山绿水清?
钢铁奏乐落幕,抒情牧笛吹响
我习惯地摸一下衣袋,手机还在
手机说,你还是叶延滨,不是陶令……

面包会有的三层境界

面包会有的
这曾是一种信仰
在冷风吹过饥饿的操场
像我脸色一样发黄的银幕
有黑白电影晃动着
一个秃顶老头
他说：面包会有的！
我咕咕叫的肚皮
把对他的崇拜
送到全身每个细胞

面包要有的
这常是一种需要
起床挤地铁抢点上班
两片面包，半杯牛奶
一分钟烤箱
一分钟微波炉
在城市拧紧的发条里
面包是最快捷的
上班族专用一分钟

面包还有的
这也是一种习惯
退出上班族，必须有五老
老伴老友老屋老毛病
再加上老习惯——
热杯牛奶烤一片面包
面包说一切会有的

告诉自己又一天开始了
太阳升起,清风拂面……

2020

锄尖上的疼痛

因为饥饿，咀嚼粮食和蔬菜还有肉
我是幸福的，饥饿证明了的幸福
我因美食后的幸福而忘记饥饿
忘记仍在饥饿中那些人
我知道，我因为健忘而可耻

因为劳顿，有一张床让我躺下安睡
我是幸福的，劳作证明了的幸福
我因安睡后的幸福而赞美劳累
赞美像牲畜一样的生活
我知道，我睁眼说梦话可耻

因为写作，有一支笔当作锄尖耕耘
我是幸福的，诗歌证明了的幸福
只是我没有告诉你，还有许多
没有写成诗篇的诗歌
天知道，锄尖刨在心上隐隐地疼……

三省吾身

此刻我在天空飞行
如果没有波音 737 的外壳
如果没有轰鸣的喷气机
如果没有系安全带的椅子
如果没有空姐和邻座的胖子
驭风而行，我是谁

此刻我在地底穿行
如果没有地铁的两条铁轨
如果没有关闭的车门
如果没有报站的喇叭叫喊
如果没有乞者的手掌
钻地疾走，我是谁

此刻我在诗林穿行
如果手上没有这本破旧诗集
如果诗集里没有那首诗
如果那首诗没有那一句诗行
如果那行诗从没人写过
怆然涕下，我是谁

时 光

你曾经是个孩子
因为你看见一个孩子
像你俯在地上
看一队蚂蚁从你眼前爬过
蚂蚁爬过童年
时光倒流,你好像看见
一本旧照片

你闭着双眼
我却看见你看见的时光
从苍翠的叶脉上像珍珠滑落

这位的哥

比相亲的男人见得更多的
在这个城市里,她说
是出租车司机

比朋友圈里打招呼更多的
在这个城市里,他说
是出租车司机

一招手便同舟共车对你负责
在这个城市,付钱
便相忘于江湖

早年的黄色面的,以后的夏利
在这个城市里,的哥
一年比一年话少

今天这位的哥,他的京腔让我
想起单位司机,老关
十年没有见过面——

像上班时准点到楼下,每年除夕
手机跳出短信,老叶新年快乐!
让我永远坐在他的车上……

通告一则

请选一个新的你——
有一天遇见一个商店
在人工智能的淘宝街
从特朗普一直选到霍梅尼
从刘德华一直挑到任正非
当然挑顺眼的,我想
顺便问一句商店的老板
"那么,现在的我呢?"
"回收,修复,重找买家!"
天呀,一想到有个家伙
会长着我的脸在这个世界乱窜
这才是我的世界末日——
特此通告,目前你见到的
还是原装非智能的叶延滨!

诗意生活新方式

出门发现自己忘了带钥匙
回到家门发现地上有一只袜子
寻找另一只，在椅子下找到一本书
什么时候看的？都落上了灰
从挂钩上拿起一块抹布
抹完了书，发现电脑上也有
抹完电脑，按一下开关
记性很好没忘开机密码
打开邮件，一半是垃圾都删
删了垃圾再看一遍记事本
这是多年养成的好习惯
记事本说今天要做什么
"上午去听互联网5G"
啊，幸好有个记事的好习惯
匆匆出门一摸口袋忘了钥匙

唉，今天又是个充实的日子
太忙了，忙得忘了带钥匙……

一朵花不开心

就是那么一剪刀
命运就转了一个急弯
一朵长在田野里的花苗
头上刚冒出个花骨朵
就从乡下妹子变成了城里的

城里的花骨朵们
一朵和另一朵与再一朵
裹在保鲜的纸袋里
精心打扮,坐上高铁也坐飞机
像城里的一样样

最后进了一个宅子
和其他不相识的花骨朵
塞进一个瓶子
不开心,抢亲?拉郎配?
在城里的就要学会不开心

举目无亲,花骨朵不开心
不开心也要努力地开花怒放
生为花儿,此时想起那把剪刀
剪刀让花的美貌凄凉
凉凉的花名:刀下留情……

皇家花园入籍流程

用犁头翻耕那两个字荒芜
用铁耙梳理那两个字粗俗
用锄尖勾画那两个字教养
用斧头砍削那两个字规矩
用剪刀比画那两个字分寸

然后学会向锄头行礼
然后学会向铁耙肃立
然后学会向斧头脱帽
然后学会向剪刀折腰
然后学会向水壶含泪

于是你眼前的树不是树了
是彬彬有礼的臣子
于是你眼前的花不是花了
是风情万种的贵妇
——这是皇家花园的秘籍

与距离有关

海岸与大海之间
有长长的海堤
海水涨潮又退潮
涨涨落落，与最近的海堤无关
与最远的月亮有缘

在我与台风之间
有一层玻璃透明的距离
台风在那一面狂啸
屏住呼吸，我的鼻尖
在玻璃上留下雾气

在生与死之间
有还是没有距离
一个人据说从死神那头回来
他说，他只是还没学会
在墙上的照片里站稳

牧　歌

天上的鹰俯瞰着地上的人
从这个牧场到那个牧场
人放牧着羊
羊像风吹散的云朵
贴着草尖的绿色飞翔
草就这么黄了绿，绿了黄
草根抓紧了沉默的土

从天空刮向大地的风
放牧着无垠的小草
牧草淹没雪白的羊
像浪花的白，云朵的白
老牧人已躺在土里
他的梦刚从土里冒了出来
风一吹，就绿成了草

想到了也就经过了

想小,小到连细胞壁都没有
小病毒的小
让这座高楼如林的城市
变成了哑巴
不用一枪一弹立马拿下
拿下我,囚在这斗室

想到也就经过了
真的不知道那东西多小

想大,大到像巨峰入云耸立
大高原的大
像孔夫子一样的云松白桦
教会水歌唱
唱着歌的水哗哗地流
悬空飞,天地架琴弦

想到也就经过了
真的不知道天地有多大

时间的碎片

我发现，我一生的努力
都是在用时间的碎片
拼凑出来一个丢失的我

那些时间的碎片
像面前碎石铺垫的小路
我必须小心谨慎地走过去

晨起、洗漱、早餐、查邮件
回复、读书、服药、清扫……
我知道不同的人有不同的碎片

碎片拼成一个又一个日子
日子过去了依然还有
像一件体面外套

缝起那些散落的时间碎片
不起眼的长长针脚
是始终陪伴我的诗

冷脸的月亮

谁批准你就是个诗人?
这话有力,像检察官站在法庭
我知道十之八九的诗人
都没有经过谁的批准
在诗歌的道路上
几乎都是无证驾驶

想拿写出的诗篇辩解
别动,小心落入陷阱
所有的诗歌都可当作废话
没有废话的那是账单
所有的诗歌都能找出毛病
不能找毛病的叫法律

于是,就说月亮,你明白
为什么所有的诗人都说月亮
月亮总冷着脸,没表情
不像朋友也不像英雄
冷脸月亮不说话,不说
就不会撒谎,也不会当叛徒

古典还是现代

古典的诗人是手工制造的
用一张张纸包裹一点点
心中的无尽悲怆
裹得紧紧的等待读者
用心火点燃
有的滋滋冒出像礼花
有的噼啪炸响了是炮仗
有的哑了，泪水打湿
有的成了气候串成了鞭炮
让人记住了盛世气象
只可惜了寒窗孤灯！
那么现代诗人是什么呢？
睁大眼的问话
低着头的回答
低头看着手机说
对不起，有朋友的公众号
我先点个赞……

一口气撑着就活

说身外之物是眼前的世界没毛病
没毛病的身外之物是高天厚土
没毛病的还有繁荣的水泥楼宇
身外之物最没毛病的是大自然
草那个长啊，花那个开
露水清风在我的身外

说身外之物是身边的人们没毛病
没毛病就有亲情友情哥们情
没毛病的朋友转身成对头
对手的对手想来做朋友
翻脸快过翻书，斗恩成仇
鲜花荆棘全在我的身外

说身外之物是身上的行头没毛病
衣衫里面还有皮肉和骨头
是皮肉包裹的柔情难舍
是骨头咬啮着的疼痛难忍
一口气撑着就活，活下去
这副身架还是我的身外

我是所有身外之物孤寂的驿站
驿站里只有一个梦游的过客……

梦中无仇人

活一辈子
一半梦中
梦中有天塌地陷房倒屋塌
（那是看新闻电视惹下的祸）
梦中长路迢迢有追捕者众
（那潜台词是明天会更美好）

一半是梦
梦有故事
梦中常会丢钱丢票丢手机
（从没有丢脸丢魂丢面子）
梦中常见老娘老友老邻居
（从没有见鬼见妖见仇人）

梦中真的有故事
太虚幻境透真情
真情是人生如梦不是梦——
江湖风波稠，交友缘分多
做一条汉子也不难
瓜莫强扭
笑泯恩仇！

读诗如画

读诗，读有意味的诗
真如读画，读走心的画
那诗人其实是在说
我给你画个美女，真美
不好，多了几笔，那就老旦吧
老旦脸色浓了，成了李逵
不好意思成现代派，说谁像谁
——段子是老的诗却很新
只技不如人而已，可教
痴心可鉴，会有美女等你……

读诗，读有意味的诗
教我读画，读匠心的画
读一树梨花带泪雨
读绿肥红瘦一缕风更轻
读无声的流水中多余的蛙鸣
读春梦方醒月挂梢
又是秋风送走蝉声远
——诗情画意好，只是老了
合上则剩一树枯枝伴昏鸦
挤出不愿听的一声鸦噪……

小开心

读书，如众相列队，众将成阵
一书架子书都是贤臣良才
想谁是谁，叫谁谁应
可聊天，可讲经，可对弈
皇上一般随心
大帅那样任性
小开心，吾本布衣而已

休息，看段古装剧，前殿后宫
无头无尾掐播一集
翻云覆雨，阴谋腥风
怨天地，恨别离，舍恩仇
万千愁丝一刀去
惊心处却不见血光飞
小开心，换个频道而已

小开心是做个呆文人
忧天下而无关朝堂权谋
小开心已成市井布衣
无仇雠，无孽债，无怨怼
三省吾身不糟蹋自己
听风数雁莫虚度光阴
小开心，安睡无蚊而已

乡村传奇

那是我的乡村记忆
狗吠和鸡叫是乡村主旋律
下蛋的鸡是老太婆的小银行
也就像诗人们一般的显赫
村里的母鸡们趴在窝里
安静如诗人在构思
下蛋后的母鸡会在院子里
咯哆,咯哆地绕着圈叫
好像诗人用方言朗诵新作

不断有新蛋在鸡窝里诞生
歌吟的母鸡们是乡村诗人
在一群循规蹈矩的母鸡中
有一只天才的母鸡超凡脱俗
它从来不趴在窝里生蛋
它会跃上墙头和屋檐
来回踱步咯咯地叫
召唤人们惊讶的目光
目光中腾空展翅,扑向天空
凌空飞翔间诞下一只
雪白纯洁的蛋

这只母鸡留在我的乡村记忆
那摊破碎蛋黄粘在心底
这只鸡很快变成一盆鸡汤
可惜它是鸡,是人定成网红
母鸡们如今都搬进了机器长笼
飞翔着歌唱着下蛋的母鸡

真越来越少了
少得成传奇……

你的人

睡着了的时候
你的人才从你心上走了
梦醒了的时候
你才知道走的是你的人

梦里梦外
见或不见?

不敲门就进来了
不用敲门的是你的人
敲门等你不开门
门外的说我是你的人

门里门外
敲没有敲?

你活着却想着死了的人
你死了活着不忘你的人
隔着无边奈何天
死活都是你的人

又一次醒来

砰！被一声巨响炸醒
眼前是汽车炸开的白色气囊
我不知道我现在是梦中
还是被气囊从梦中炸醒
快！快离开汽车！妻子喊道
她替我解开安全带
我跳出车厢，像脱网的鱼
跳进高速公路奔流的车河

手机！手机还放在车上
打开车门，烟雾中找到手机
找到手机，让我确定不是梦
手机报警，随即在车尾后
放上红色的三角架——
安静地等警察，等罚款
等交通事故确认书签字
等待再次返回尘世的安静

生命就是一次次醒来
抑或有一次不再醒来
在不再醒来之前
所有的，故事或者事故
都是生命之诗！

当如一羽毛飘在空中

每天都同此时一样
洗洗就睡，睡前洗洗
掏尽心窝里藏着的
那一丝不想对人说的委屈
倒尽眼眶里揉不掉的
那一粒粒砂子般的名字
刷牙漱净这一天咬断
又吞不下去的话头……

每天都同此刻一样
躺平安睡，晚安闭眼
心平气和仰对苍天
吐纳四野今夜秋风
脉象平稳，气息温润
向满天繁星学习安宁
巨大的石头星球浮在天宇
我当如一羽毛飘在空中……

星空，有多少丢失的眼睛

少年的诗是一根根春草
天天向上才冒出浅浅的尖
草尖上顶着的那颗露水
是你上学路上的眼睛
向前张望，张望的小草
互相学习也互相模仿
无名，让小草有犯错的自由

青年之诗是欲望的花朵
从平凡叶片中脱颖而出
把所有的欲望伸展为花瓣
让芬芳的气息弥漫四野
争奇斗艳，任蝶飞蜂舞
百花齐放也落英无数
生命，就是凋萎前忘情怒放

老年之诗是林中的蘑菇
昔日的荣光依旧树荫葱茏
安详如慈眉善目的长者
早已忘记向上争宠阳光
自在生命就是与欲望和解
看雁南飞伴秋叶纷飞
星空，有多少丢失的眼睛……

上一个庚子年

2
0
2
0

母亲手上的一把米
酱色汤水中几片青菜叶
那一天就过去了

窗台上两只肥硕的老南瓜
让冬日的阳光一次次抚弄
冬天就过去了

上一个庚子年留给我的记忆
闪现两幅清晰的画面
六十年没有消退

若无饥饿,谁会记得
记得手中那把不舍的米
漂浮的菜叶和笨拙的老南瓜?

一把米记恩,这句千古老话
是饥饿用凿子刻在
骨头上的时间!

宅之经验谈

宅，待在家里
趴下并收起翅膀
收起纸鸢那根细线
停止飞机前那旋转的螺旋桨
因为你从没生出过翅膀
宅就只是卸下一块零件

宅，待在家里
坐下并停住车轮
创造过驴车、牛车和马车
从蒸汽内燃再到喷气
从一个零到无数个零狂奔
宅就只是一次急刹车归零

宅，待在家里
原来官员可以当官不开会
原来商店可以卖货不开门
原来银行挣钱可以不数钱
所有规矩原来都可以改变呀
只是人不可以不喘气……

匠心不死

他画了一辈子的画
一卷宣纸,几支毛笔
还有一堆石头刻的闲章
就是他全部的作案工具
画山水,山有情,水有魂
画美女,秋波横漾
画小虾,画知了,跳了叫了
画匠消失了,消失了的画匠
躲在人堆里看画
听一辈又一辈的大师评说
甲说真的,乙说假的……

他打了一辈子石头
把困在石头里的狮子剥出来
把藏在石头里的猴子敲出来
钢凿如笔,铁锤是心
让石头活了,让石头睁眼了
能让石头吐纳三江四海
也能让石头屹立于高山望断云雁
后来他消失了,消失的石匠
在这个世界找我
我站在这威武的石狮面前
听见狮低声:我认识你……

后记

2009—2020 诗选

我必须谁都不像，我就是我自己
——叶延滨答记者舒晋瑜访谈录

舒晋瑜开篇说：20世纪80年代，曾经是文学的黄金时代。

当时在北京师范大学中文系就读的苏童，曾梦想成为诗人或作家。然而写了两三年，两眼一抹黑。在他快要崩溃的时候，有了要发表的福音，"否则我不知道自己还能不能坚持下去"。发表苏童诗歌处女作、在关键时刻给他信心的编辑，就是时任《星星》主编的叶延滨。时光荏苒，近四十年了，苏童依然深深记得当年的情景。他说，自己"先打扮成叶延滨的读者"，然后直接将诗歌投给了叶延滨。叶延滨的回信是以《星星》诗刊的名义，告诉他有几首诗备用。

而那时的叶延滨，尽管刚刚走出人生的低谷，却始终保持着对诗歌的热情和敏锐。不知道自《星星》走出的诗人和小说家有多少，苏童、阿来……有些在叶延滨的记忆中深藏，有些则随着时间淡忘了。

作为一个诗人，他从起步就知道自己经历着马拉松式的长跑。中国是一个有数千年诗歌传统的国度，超越前人几乎不可能，但这恰恰是有担当的诗人不断创新的动力。同时代的文学精英在时代大潮中搏击，能够被记得并非易事，而要赢得读者的历史承认，远比得到汉学家和批评家的好评更为困难。因此，叶延滨四十年的创作，不打旗号，不贴标签，努力写自己最想写的东西。

问： 1973年，您参加《延河》组织的诗歌创作会的时候，还没有发表过诗歌。一个月之后就先后在《解放军文艺》和《陕西文艺》上发表作品，是巧合吗？

叶延滨： 创作是有准备的，而且对我来说是很重要的创作准备。我最早写诗是1972年，那时我在陕南略阳的2837工程处当团委书记和新闻干事，以工代干。大山里没有多少新闻可写，所有读物，除报纸之外只有一本《解放军文艺》。当时诗人李瑛出版了一本《红花满山》，是写边塞哨所的，很美，我读了很感动。就想，我也在山里，我也能写！

我从1973年开始投稿，每个月都寄稿。因为是部队的工厂，也不用贴邮票，在信封上剪个角就寄走了。有件事，很让我感动。解放军文艺出版社寄来一个很大的信封，是我这一年寄给他们的稿子，编着号，一封不少；还有一封回信，说我是编辑见过的最勤奋的作者，让我好好写。同时寄给我一本解放军文艺出版社的笔记本。落款：雷抒雁。

雷抒雁是第一个给我回信的编辑。后来我们成为朋友，尽管性格有很大差异。

到1973年年底，我收到一封《陕西文艺》诗歌创作座谈会的邀请函，到西安参加"诗歌创作会"。在山里能到西安开会，我很高兴。去了一看，陕西一线作者都在那里，会上最有影响的人物是梅绍静，她后来到《诗刊》当编辑。开会的时候，人家都在说去年创作什么今年发表什么，我是唯一没有发表作品的，不知道该怎么说，王丕祥替我说话了，他介绍说，这个叫叶延滨，这是个好娃，就写他身边的事情，我们准备让他在这里当一段时间的工农兵编辑。

《延河》的办公地点是在东木头市74号，杜鹏程、王汶石都在这个小院里，我接触的一些人中，陈忠实是刚出头的最优秀的作者，路遥比我早几个月当业余编辑，也见了贾平凹，他背着稿子来投稿。那时当编辑和现在不同，每封来稿都要登记。回信都用复印纸，有底稿，一是给来稿编号；二是写回信，要留底稿存档；三是如果送审，三审通过，要给作者单位写外调信，审查作者在"文革"中的表现，及单位是否同意发表。

当时有一条规定，允许到图书馆借需要的书供批判用。半年时间里，我从图书室里借了至少二三百部中外诗歌名著，这是我第一次集中阅读中外诗歌，才知道诗歌是这样。这是我很重要的一个准备。我文学的起步是从这里开始的。我写了一首政治抒情长诗，编辑部提了很多意见，前后改了九稿。最后发表的时候，诗歌组长说，我没有见过像你这样倔的孩子。

原来他们是想"枪毙"那篇诗歌，所以前面提的意见就是不断刁难，我那次创造了修改纪录。这首诗的修改过程是很好的训练，这是我真正写诗的起点。

问： 您真是那么倔吗？

叶延滨： 我的性格确实很倔，是能够做事做到底的人。我举个例子。

50年代读小学，我上的是省政府干部子弟小学"育才小学"，育才小学与原来的"延安育才保育院"有点瓜葛，还是供给制，穿的小皮鞋，发的毛呢小大衣。当时一般公务员每月伙食费就是六块钱，这所学校算是够资格的"贵族学校"了。因为母亲已经在某个运动中被开除党籍，从地委宣传部长直降为教育局中教科长，父母由某党委批准并签发离婚书。我母亲不是右派，但她被派往大凉山去当下放者的"领队"。到了西昌，母亲不愿坐办公室做"管理下放干部"的事，自愿申请去师范学校当一名教师。一年后，父亲与我谈了一次话，意思是你是大男孩了，愿意去陪伴母亲吗？我去了大凉山。这是我人生第一次重要的急转弯，从省城到蛮荒的偏僻山区。从成都到西昌城，坐了三天长途汽车。

问：在西昌，您的工作也不错，为什么想到考大学？

叶延滨：当时西昌12个县只有一所高中。我在学校学理工科，排名总在前三。考试的时候，数学的三角函数考试，我半个小时就交卷。老师看过卷子说，下面请延滨同学代我监考——这是最高荣誉。

"文革"结束恢复高考，我是地委的新闻报道员。在地委宣传部里当新闻报道员，刚被送到省委党校学习。恢复高考的第一年我就想参加高考，领导说，你上大学是为什么？我说学知识，有知识才能更好地工作。领导说，上大学学了本事，回来分配工作也就是你现在的工作。可能那个时候你的位子别人家干了，你就没有了，还不见得能有你现在的工作好。

这个故事跟渔夫晒太阳的故事一样。

我完全是被一棵大树砸进学校的。我上班的地方是一个斜坡，前面是个三岔路口，在路口上有一个工人在修树，他把树锯断的时候，正好我骑车路过。我睁开眼，发现树干从我的鼻梁刮过，满脸是血，我的飞鸽自行车两个轮子还立着，梁断了。

我想的第一件事是一定让他赔我自行车。工人叫了救护车，检查后发现，我的骨头和内脏都没问题，但是全身都是擦伤。单位批准我在家休养。这时我就想，我要考大学。

但是快三十的人了，我想学理工学不出什么了。在墙上贴了世界地理、历史年表，背地理知识，通过历史年表记年代、事件、人物。等到我能下地走路了，也就进考场了。我成了我们地区文科第一名，打高分的是历史地理，语文得了68分。

　　当时我一拿作文题目就笑，是要求把长文章改成600字的新闻报道。我想这是我每天上班干的活儿。我就拿笔在上面勾，划完也没算字数。但是那一年是把四川师大的学生集中起来在阅卷中数字数，我的字数超了，扣了很多分。我是北京广播学院82届毕业生，一个同学后来当了学校的教务处长，把当年的大学毕业成绩单每人复印了一份，我成绩最低的一门功课是90分。

问：　　1978年，改变了很多人一生的命运。您在大学里收获了什么？

叶延滨：　　大学以后，主要是写作，我在大学里得奖，参加了第一届青春诗会，加入了中国作协。

问：　　主要是《干妈》这首诗，从《干妈》开始，诗坛无人不晓叶延滨，影响太大了。

叶延滨：　　这首诗是我的成名作。那是我在延安和老农民生活一年的体验。这个体验是其他知青没有的。我想我既然到了农村，那我就住到农民家里去。这是陕北最穷的人家，只有一孔没有窗户的土窑洞，老夫妻俩睡在窑洞最里边的大炕上，大炕上有个大尿盆，我睡在门边的小土炕上，小土炕上有个小尿盆。这就是整个家的全部布局。老汉是饲养员，老婆是小脚女人。他们叫我"干儿"，我叫他们"干妈"和"干大"。和两个老农同居土窑的一年，让我接够了地气。这孔土窑，关上门就像坟，开了门就叫家，家徒四壁，一贫如洗，我在中国最穷的"受苦人"家中生活了一年，我自信没有什么比这一年更难更苦的了，就像掉进深坑里，只要敢迈步，无论朝哪方，都是向上。

　　《干妈》写的都是真实感觉。当时能产生很大的影响，是因为当时有几千万人当过知青，大学里坐满了从农村回到课堂的知青。我写的是我自己真实的故事细节，也是这几千万知青自己的情感，轰动也就可以理解了。今天人们还总提起这篇诗作，是因为有一代人不会忘记的这段历史。除了共同的命运以外，我认为，我在诗中不仅写了知青的命运，还说了老百姓的愿望："……人民好比土地／啊，请百倍爱护我们的土地吧——／如果大地贫瘠得像沙漠，像戈壁／任何种子都将失去发芽的生命力！"四十年前说出这样的话，也许只有诗人！

问：　　回顾一下，走上诗坛，您受到谁的影响？您的诗歌创作的营养来自哪里？

叶延滨：　最早是受到李瑛影响。在《诗刊》发表作品以后，邵燕祥给我一个很大的帮助。从《延河》开始，到上大学后，我力图摆脱当时对我影响很大的"解放军文艺体"。尤其是看了很多诗歌以后，我必须谁都不像，我就是我自己。

一段时期朦胧诗很流行，我在参加青春诗会的时候，就给另一位诗人说，我参加这个会最大的受益是，我必须跟他们不一样。我和北岛们完全一样的话，就没有存在的意义了。

问：　　您的写作，一开始就不贴标签，不打旗号，好像"不入流"，为什么会有这样一种坚持？

叶延滨：　我有一个和别人不太一样的地方。现在很多年轻人，在走上文坛开始，想到的先是和编辑搞好关系，参加各种学习班。我在一开始进入写作，只是因为，我曾经想当一个将军，没有机会；想当科学家、探险家，也没有机会。只有一纸一笔还能向世界证明我自己，我必须找到和民众相通的地方,找到艺术探索中我所处的位置,以及我和时代之间的关系。反过来说,我绝对不会轻易地追随谁。这也是一个成功的经验。

问: 您参加了首届青春诗会,能谈谈当时的盛况吗?您有哪些收获?

叶延滨: 青春诗会前,我在《诗刊》头条发表了一组诗《那时我还是个孩子》,这是我进入青春诗会的入场券,写了"文革"中的三个孩子。参加第一届青春诗会的17个青年诗人中,我在到会前都知道他们的名字,但真正见过面的不多。梅绍静在延安插队,我认识她最早。还认识顾城,是在《北京文学》。当时好像是诗歌组长姚欣找我改稿子,谈话间顾城到编辑部来送稿,前面是父亲开道,后面是母亲提包,顾城自己没说一句话。我注意到顾城穿一双部队发的那种塑料凉鞋,他个子矮,自己特意在后跟上粘了一层同样的塑胶鞋底。其他诗人都是新朋友,徐国静、徐晓鹤、孙武军都是大学生,一混就熟了。徐敬亚和王小妮是一对恋人,幸福指数很高。江河和舒婷在青年诗坛名气不小,都是朦胧诗的代表人物,青春诗会上还没有"朦胧诗人"这种说法。江河给人的印象很随和,让我愿意与他交谈。舒婷不一样,名字很淑女,说话很玫瑰,好听的话里总有刺。如果要舒婷回忆青春诗会,她会说两条:一是"叶延滨欠我一杯咖啡",二是"我在青春诗会上就说了,我们中间叶延滨会当《诗刊》主编"。

问: 那时您就提出"三点决定一个平面",为什么会有这样的理论认识?

叶延滨: 我以为,我对时代、读者和艺术之间三点关系的理解，基本上决定了我一生的创作倾向。在青春诗会的讨论中，我说，在我们今天的时代和社会中找到自己的坐标点，在纷繁复杂的感情世界里找到与大众的相通点，在源远流长的艺术长河中找到自己的探索点，三点决定一个平面，我的诗就放在这个平面上。《诗刊》老编辑王燕生作为首届青春诗会的"班主任"，生前回顾当年的青春诗会，还提起我的"三点决定一个平面"的这个发言。

问：　　青春诗会对您来说，有怎样的收获和意义？

叶延滨：　　青春诗会最主要的内容就是请文坛的著名作家诗人给"青年作者"讲课。老师的阵容强大：艾青、臧克家、田间、贺敬之、张志民、李瑛为17位年轻人讲授诗歌创作。黄永玉、冯牧、顾骧等为与会者报告当下的创作动态。袁可嘉、高莽向大家介绍了世界诗坛，蔡其矫透彻地分析了一批著名的外国诗歌。这些都是中国文坛重量级的人物，他们给17位青年人讲课，交谈，对话，讨论，展现了改革开放初期中国文学界特别是诗歌界十分可喜的开放、宽容的氛围。整整半个月的时间，名家与新人，文学界的领导与青年写作者，坐在一起，平等交流也不乏交锋，这种姿态和气氛空前开放。能坐到一起，也有坐到一起的道理。此时文坛的大家名流，多是刚"平反"从底层重新回到久别的文坛，与会的青年诗作者同样来自生活的底层，大家都有共同的愿望，也对改革开放充满了热望与信心。其实，参加青春诗会时我已经三十岁了，这应该是我告别青春的一次仪式，从此以后，我被诗坛所认可。

问：　　在诗坛有这样大的影响，后来回到《星星》，是怎样的原因？

叶延滨：　　我是一首诗得奖，凭一首诗加入中国作协。大学毕业时，包括《诗刊》在内的五家单位要我，但是，我作为学校的支部书记，到最后待分配的只有一个，就是叶延滨。

　　我当时在书信中写过一句话：爱情需要不断更新。这其实是鲁迅的《伤逝》里的一句话。以此为由头，被一位记者写进了内参，成为精神污染的重要典型。还曾在报纸上以"爱情需要不断更新？——谈正确的婚恋观"为标题展开讨论，后来匆匆收场。

　　我被分配到《星星》，省报和一家刊物继续把我当反面人物批判精神污染，我硬着头皮没写过一个字的检讨。这件事拖了八年，后来总算重归平静。

问：　　您从1982年担任《星星》诗刊编辑，又担任副主编、主编，有什么心得可以分享一下？

叶延滨：　　当时编辑部看稿的编辑有四个，围着一个方桌，旁边是一个竹筐，一个月要看四百斤稿子，相当于一个编辑看一百斤稿子。

　　我接手主持《星星》后，把推出青年诗人，重点扶持有实力的中青年作家作为办刊方针，让《星星》成为青年诗人进入诗坛的入口，接纳不同的风格流派。比方说，我不赞成"非非主义"的理论主张，我认为它所宣扬的是无法与创作发生关系的理论，没有诗人能在写作中实践的理论。但是，对当时站在这个旗号下的许多年轻诗人有个人追求的作品，《星星》同样刊登。没有所谓博古通今的全能大师。我的体会就是，一要对新事物敏感，二要对不同的艺术流派尽可能宽容和理解。这两条缺任何一条，哪怕样子很先锋，或者很主流，都没多大上升空间。

后记

问: 担任主编，您做了哪些事情？

叶延滨: 在四川工作期间，我是不喝酒不请吃、不让作者进门的人。《星星》有一条不成文的规定：外地来的作者，编辑部请他吃饭。这就避免了一些干扰。这里还有个故事：当时有位副省长找我谈话，问怎么能帮助《星星》？我说你帮助四川作协所有的刊物吧，到年底把所有印刷费付了，就是对《星星》最大的帮助——《星星》当时的发行量是另一家刊物的20倍。

我在《星星》也挨批，也被人写过内参，日子不好过。但我主持工作后，《星星》没有一篇作品挨批，没有一个作者或编辑挨整，创造了刊物发行的最高量和刊物经营的最好时期。刊物办得好了，麻烦也会找上门，记得有一天上级突然找我谈话，在谈话期间找到财务收走全部账本。鸡飞狗跳查了几个月，查出会计多记了十九元的收入。在《星星》最红最火的时候，我主动离开《星星》，调到北京广播学院当系主任。

我在当《星星》副主编以后开始写杂文。我的杂文的影响是在《星星》时形成的。我在从事这个职业的时候明白这是我为社会服务，写作是我自身的个人的事情。这是公和私之间的事情。正因为有了在《星星》时严格的自我约束，我自己的文学追求和职业操守得以保持下来，我珍惜自己的羽毛。

问: 您在北京广播学院当教授的时间，只是短短一年。什么机缘到了《诗刊》当主编？

叶延滨: 我在1993年回母校中国传媒大学（之前叫北京广播学院）看望老师，校长说，想不想回母校工作，我动了心，于是广播电影电视部通过国家人事部的"全国人才招聘"，把我全家调进北京。我开始在学校当文艺系主任。教授当得还顺心，好像还要委我以重任，不料一纸调令把我调到《诗刊》。后来才知道，当时上级对《诗刊》办得不太满意，有人向有关领导说：有个会办刊物的人在广播学院。于是，我又开始在第二个诗刊效力。一干就是十四年。《诗刊》获得了"国家期刊奖"，我也获得"全国百佳出版工作者"称号。

《星星》怎么办是我说了算。《诗刊》基本是我说了不算。我努力做到有所为有所不为。我到《诗刊》工作不久，各种告状信就来了。我想我必须适应这个环境。我的头脑很清楚。我给自己定的是：守好本职不求上进，很多事就会有空间。有个领导找我谈话，问我："延滨，怎么样？"我当时就问："是不是收到告状信？加起来够不够撤我的职？"他说："没有那么严重。"我说："那就不用问了，全是真的！"我何必费这些口舌解释？有一次有人告状，说叶延滨有那么多稿费单，能当好《诗刊》主编吗？我说有这么多稿费单，说明我除了办刊，还在写作，没有喝酒跑官，领导才更应该放心。

问： 90年代以后，文学期刊的生存渐入艰难的困境。《诗刊》情况如何？

叶延滨： 前些年刊物经营十分困难，有的诗人一开口就说你是"官办刊物"，其实相当长的时期，《诗刊》经费百分之八十都要通过办刊物、搞活动来维持。《诗刊》不仅编辑的工资是自筹，由于体制上的原因，我们还供养十多个离退休的老干部和高级知识分子，少量的上级的拨款连发离退人员的退休金都不够！我曾经说过，世界上任何一个诗人，如果知道叶延滨靠经营一份诗歌刊物，给二十多人提供就业岗位，同时供养十多个离退休老人，他应该向我致敬。好在近些年国家逐步增加对《诗刊》的资助，相信今后会有大的改善。最重要的，是要明白这不是你个人的事业，不是你个人的刊物，心里有个底线："只要上级找到替代我的人，我可以随时离开。"有了这个底线，有所为有所不为，主编才当得下去。

到《诗刊》首先要改变经营状态。刚到《诗刊》时，凡带电的都不转，一台电脑也打不开，有一辆小车也租出去了。《诗刊》经营亏损，各种矛盾突出。1997年高洪波调任《诗刊》主编，1998年起我主持刊物日常工作，2001年任常务副主编兼法人代表，2005年起任《诗刊》主编至2009年。记得高洪波主编刚到任的第一年，过年没钱给大家发过年费，我从北京飞到深圳，找到一个炒股写诗的朋友封先生，用报纸包了五万元回北京让大家过了一个节。屋漏偏遇连阴雨，1998年，我们想好好做一个调查，振奋一下诗坛和明确刊物的方向，几千份调查问卷整理出来后，将有关问题和情况整理成《中国诗歌现状调查》在刊物上发表，引起众多议论，有一家报纸发表了一篇非常不友好的文章，把《诗刊》说成"老牛破车"，我们差点与这家报纸对簿公堂。

一切都要靠刊物的自身说话，要恢复刊物在读者中的威信，就要有好作品。我在主持刊物编辑工作后，开了《名家经典》专栏，每期发一个中国新诗史上著名诗人的作品，集中刊发重量级诗人的成名作、代表作、近作，陆续刊出了艾青、臧克家、绿原、牛汉、卞之琳、郑敏、蔡其矫、贺敬之等名家的经典之作，梳理了中国新诗传统。同时，努力加强与青年诗人的联系。在20世纪90年代，整个诗坛比较低迷，读者与诗人之间关系疏离，有限的版面使许多青年诗人的新作难以在《诗刊》与读者见面，使《诗刊》成为备受一些青年诗人抨击的"官方刊物"。我一直努力想把原来内部赠阅的授刊教材《青年诗人》，办成公开发行的"下半月刊"，但阻力都不小。

2001年，在中国作家协会组织的一次讨论文学或者以诗歌与青年作家关系为主题的会议上，我再次提出办下半月刊团结青年诗人的主张。会前我做了准备，发言中间，我拿出一沓各地青年诗人社团自印的"民间刊物"，我说，我们不去为青年诗人提供园地，人家就自行其是办"民刊"，一定要让青年诗人的作品能更多地登上《诗刊》，才能团结和联系有才华的青年人。记得主持中国作家协会工作党组书记、上海市委原宣传部长金炳华同志，把这一叠"民刊"都接过去认真翻阅。会后不久，中国作家协会批准我们办《诗刊》下半月刊，这样诗刊每月从原来的六十四页，变成了一百六十页，有更多的版面提供给新诗人的佳作。近年来，作者创作风格和流派多了，作品差别也大了，每一种样式甚至每一个诗人都有自己的"读者群"。2002年，《诗刊》在中国作家协会领导的关心下改版后，最直接的效果就是扩大了诗刊的容量，最大的受益者是青年诗人和诗歌爱好者，包括旧体诗的爱好者。下半月刊主要面对青年人，这在很大程度上改善了《诗刊》与青年诗界的关系，使《诗刊》把更多精力放在扶植青年诗人方面，同时也继续关注名家名作。

问： 您在《诗刊》工作的几年间，刊物有了哪些发展和变化？

叶延滨： 在全国八千多家公开发行的期刊中，《诗刊》在国家新闻出版署的评比排名中，先后获得过"国家期刊奖""全国百种重点社科期刊""新闻出版署'双奖'期刊"等荣誉，我在2002年也获得国家新闻出版署委托出版工作者协会颁发的第四届"全国百佳出版工作者"称号。这些荣誉，表明《诗刊》在八千多种刊物中位居前一百名的主流位置，在全国数百种文学期刊中处于前十名，在诗歌期刊中处于领军位置，是国家重要的主流期刊。荣誉是全体编辑和工作人员共同努力的结果，也是诗歌界共同努力的结果，再创诗歌耀眼的辉煌，是一种期待和梦想，从本质上讲，中国诗人都应该是梦想家才对，《诗刊》应该是中国梦的家园！

问：　能否总结一下您的主编生涯？

叶延滨：　客观地说，我是在《星星》工作12年，《诗刊》工作14年。新诗百年，四分之一的时间，我先后担任两家中国重要诗歌刊物的主编，经历了中国诗歌发展最蓬勃、剧烈变更的时代。我尽量在办刊的过程中，体现中国诗歌的全貌，尽可能给新人提供帮助，尽量小心地维护编辑职务的神圣性，爱护刊物应有的社会名誉。

在我工作的26年期间，没有一个编辑因为编辑工作失误受到批评，没有一个作者因为我发表他的作品受到批判。爱护作者和编辑是非常重要的。作者成为优秀的诗人或批评家是他的才华，作为编辑就是助他一臂之力，尽可能提供有用的平台。这是做事，不是结盟，不是树旗子占山为王，主编不是盟主。

我的写作始终是个体的。写作是纯粹个人的事情，办刊，则纯粹是公器，至少是文化的公器，必须要有敬畏感。这26年，自豪地讲，我分得很清楚。我不拿刊物谋取私利。我在诗歌界有很多朋友，大家都知道，涉及发表作品或者评奖，老叶该怎样就怎样。我在写作上，把工作和自己的人际交往分得很清。很多诗人拎不清，写作的状态是诗人，生活中也是诗人，在诗人之间的交往中，满足于在诗人圈子里当领袖。生活教给我那么多，写作的时候，我纯粹是诗人，表现我的内心和艺术上的追求；我在当编辑的时候，这就是我的职业，我的职业道德要求我宽容、理解别人，即使是我讨厌的人，我也认真对待他的诗歌，这是我的职业；当我不写作，我不上班，就是父亲、丈夫，就是社会上的人，和别人没有任何差别。一般人拎不清。我从一开始的定位就是很清楚的。我给自己定了规矩，一是在公众场合滴酒不沾，这是作为编辑的一种操守。我自己如果不清醒，怎么判断作品？我就是只看作品不认人。二是我绝不在家里接待任何一个作者。这个习惯一直坚持到退休。

问： 想起王蒙先生评价说，叶延滨是诗人，这个诗人是个明白人，叫作读书明理，叫作体察现实，人情练达，思考斟酌，不粘不滞，自有主张。西学思潮的涌入，给您带来怎样的影响？

叶延滨： 西方文化的进入，是把自己摆上另外一个位置。前面所受的文化影响，更多的是俄罗斯和东欧，来自托尔斯泰、马雅可夫斯基，改革开放的影响主要是欧美文化的影响，对我来说，我不可能完全地离开两个基地，一是传统文化的影响，二是我不可能完全忘记我最早的人生野心。我第一次读《战争与和平》，发现作家居然能脱离小说情节谈论政治，很震动。西学渐进的时候，西方现代主义风潮涌入，客观地说，我总是在观察、吸收和发现，我们的作者最早是学谁的，他的影响来自哪里。不仅要了解自己，还要了解诗坛整体走向，才能判断整个诗歌界的发展和影响。比如吉狄马加，他最早的影响来自桑戈尔，后来才是聂鲁达。在这个寻找和辨析中，我把自己的诗变得更能表达自我。

问： 可否谈谈您的四十年创作，经历了哪些变化？

叶延滨： 我认为后来的诗，比我早期的诗好。我和很多人的不一样就在于，我在不断的变化中，但是我不可能突然转身，成为另一个叶延滨。

从写《干妈》开始，我不再是解放军文艺风格的模仿者，我有了自己的形象。进入90年代后，我更多地对我自己、对人性、对中国人的特点有了更深入的表达，这种表达可能在我的写作中间，以一种诙谐、反讽、跳过外表展示尴尬局面的方式呈现出来。这和单纯的西方现代主义的纯粹的学院派是有区别的。到了2000年以后，很多作品是对曾经固化的认识的重新解构，比方说《一颗子弹想停下来转个弯》，它所体现的意象和传统的认识比，更多的是一种质问和质疑，挑战了传统的固化的观点。"这时它突然明白／为什么有那么多子弹／不光荣、不骄傲、不击中目标／却把一生只飞一次的命运／变成了自由……"朗诵完以后，一个黑人诗人问我，这诗歌能在美国演唱吗？我说可以，必须说作者是叶延滨。

实际上，大摇大摆也值得质疑。如果传统都很好的话，今天就没有必要再创新、再有新文学的存在。有的诗人缺少传统这一坏的训练。成熟诗人的演变和递进是隐秘的，是由作品表达的。坦率地说，我是混杂型的诗人。我小时候最早喜欢、最多接触的，是中国的传统小说和西方小说。我小学和初中基本是读小说，读散文的年龄是高中，开始注意近现代作家的语言。诗歌是最后进入的。在我身上，可能没有体现所谓纯粹的诗人气质。有的诗人说，叶延滨的诗歌中有戏剧的介入；传统杂文家说，叶延滨没有一篇规范的杂文。我从小学到高中，是图书馆管理员最好的朋友，一下课我就在图书馆待着，《红楼梦》等古典小说都是在初中读的。五四时期的文学作品当时也只是借给老师，多数人没有机会看到的小说，我都在图书馆看到了。所以，我的知识结构和其他诗人不同，进入文学的途径和别人不太一样。我母亲下放到大凉山的时候，带着几本书，其中就有《安娜·卡列尼娜》，我们家订的杂志，就是《收获》《人民文学》《译林》，我常常是一本杂志从头看到尾。

问： 在《星星》的时候就开始写随笔杂文，诗人出手，语言总要胜出一筹。您如何评价自己的杂文？

叶延滨： 我的随笔杂文创作，的确是我一个重要着力的方向，虽然我也写过小说写过评论，但在这些领域我是票友。王蒙先生曾评点我的随笔："叶延滨是诗人，这个诗人是个明白人，叫作读书明理，叫作体察现实，人情练达，思考斟酌，不粘不滞，自有主张。就是说，他一不人云亦云，二不上当受蒙，三不本本条条，四不刚愎自用，五不大言欺世，六不自欺欺人。所以我爱读他的随笔杂文，觉得他言而有据，有独得之妙，有机智和灵性，有见解。他的记叙文与忆旧性散文也写得好，有一种平和，有一种沧桑感，有一种明晰，说得再好一点就是我爱说的清明。这是一种难能可贵的状态。如此这般，难得有一个人写文章而不吹嘘，谈诗论文而不卖弄，世事洞明而不油滑，自然风趣而不轻飘。读叶延滨的随笔散文，你会学得聪明、不受骗和有节制。"我认同他的鼓励，并为之努力。散文杂文随笔的创作，在我的创作中并成半壁江山。我出了52部作品，一半以上是杂文随笔，各种报纸杂志给我的杂文散文奖要比诗歌更多。诗歌加上杂文随笔，是我全部的精神世界。

问： 可否谈谈退休以后的生活？

叶延滨： 从2009年退休后，过上了舒心日子。何谓舒心？两句话：不想见的人不用见了，不想干的事不用干了。退休后担任中国作家协会诗歌委员会主任，就是给大家做拉拉队的工作。十年间已出了十多本书，五本随笔集，三本杂文集，四本诗集，诗集中这本《觉悟之心》是我近十年间的新作，是自由心灵的印痕。谢谢改革开放给了我机遇，谢谢支持我的诗人和读者，谢谢一起为诗歌工作的朋友们,是你们让我去体会并实践:宽容、理解、尽责、扶助、创造、坚持和感恩。

原刊于2018年《草堂》,稍有删改为后记

附 录

叶延滨简介

附录

叶延滨，当代作家诗人，现任中国作家协会诗歌委员会主任。

1978年考入北京广播学院新闻系文编专业，1980年在大学期间发表诗作《干妈》获中国作家协会诗歌奖（1979—1980），读大学期间，被吸收为中国作家协会会员。1982年毕业后在《星星》诗刊任编辑、副主编、主编，共十二年。1993年评为正编审，首批获国务院政府特殊津贴。1994年由国家人事部调入北京广播学院任文学艺术系主任。1995年调到中国作家协会《诗刊》杂志社任副主编、常务副主编、主编。2012年任中国作家协会诗歌委员会副主任，2016年任中国作家协会诗歌委员会主任。历任中国作家协会第六、七、八届全国委员会委员。

迄今已出版个人文学专著52部，其中文集有《生活启示录》（1988年）、《秋天的伤感》（1993年）、《二十二条诗规》（1993年）、《听风数雁》（1996年）、《白日画梦》（1998年）、《永恒之脸》（1998年）、《戏说神游》（1998年）、《叶延滨散文》（1999年）、《梦与苹果》（1999年）、《路上的感觉》（2000年）、《储蓄情感》（2000年）、《擦肩而过的影子》（2000年）、《诗与思》（2001年）、《黑白积木》（2001年）、《从哪一头吃香蕉》（2002年）、《叶延滨随笔》（2002年）、《烛光与夜声》（2003年）、《叶延滨杂文》（2004年）、《叶延滨文集（四卷集）》（2004年）、《世界的理由》（2008年）、《回首皆风景》（2011年）、《中国百年杂文·叶延滨卷》（2014年）、《请教马克·吐温》（2015年）、《天知道》（2015年）、《草色·天韵》（2016年）、《梦牵梦绕》（2017年）、《月影 青春驿站》（2017年）、《前世是鸟》（2018年）。

诗集有《不悔》（1983年）、《二重奏》（1985年）、《乳泉》（1986年）、

《心的沉吟》（1986年）、《囚徒与白鸽》（1988年）、《叶延滨诗选》（1988年）、《在天堂与地狱之间》（1989年）、《蜜月箴言》（1989年）、《都市罗曼史》（1989年）、《血液的歌声》（1991年）、《禁果的诱惑》（1992年）、《现代九歌》（1992年）、《与你同行》（1993年）、《玫瑰火焰》（1994年）、《二十一世纪印象》（1997年）、《美丽瞬间》（1999年）、《沧桑》（2002年）、《叶延滨短诗选》（2003年）、《年轮诗章》（2008年）、《时间画像（诗文集）》（2008年）、《时间背后的河流》（2010年）、《叶延滨自选集》（2011年）、《想飞的山岩》（2018年）、《天鹅飞翔》（2019年）。

  作品自1980年以来，先后被收入了国内外550余种选集以及大学、中学课本。部分作品被译为英、法、俄、意、德、日、韩、罗马尼亚、波兰、马其顿文字。代表诗作《干妈》获中国作家协会优秀中青年诗人诗歌奖（1979—1980），诗集《二重奏》获中国作家协会第三届新诗集奖（1985—1986），其余还有诗歌、散文、杂文先后获四川文学奖、十月文学奖、青年文学奖等50余种文学奖。并获中国出版协会第四届"全国百佳出版工作者"称号。